D1930912

A Faint Cold Fear Thrills Through My Veins · William Shakespeare

Zu diesem Buch

Als er herangekommen war, legte er das Fahrrad neben den flachen Treppenstein, nahm den Karabiner von der Schulter und lehnte ihn gegen die Hauswand. Er stolperte beinahe über die steinerne Schwelle und sagte nur ein Wort:

«Vamos.»

Mehr war nicht nötig. Tadeusz Beck, Faschist, staatenlos, 43 Jahre alt, geht wort- und widerstandslos mit dem Gardisten hinunter ins Dorf. Er hat schon viel erlebt und weiß, daß es sinnlos ist zu kämpfen, solange man die Situation nicht überblickt. Also wartet er ab.

Er wird nie erfahren, was mit der Katalanin passiert, mit der er zusammen lebt. Denn auch sie wird abgeholt.

Am nächsten Morgen bekommt er seine Papiere, sein Manuskript, seine Tasche zurück und erhält außerdem die Mitteilung, daß er mit dem nächsten Schiff zum Festland zurückfahren und das Land verlassen müsse. Abgeschoben. Aber immerhin ist er wieder in Besitz seiner Aufzeichnungen. Seiner Theorien über ein neues Europa, ein arisches Europa, frei von jüdischen Elementen.

Er sitzt in einem armseligen Lokal und wartet. Am anderen Tisch unterhalten sich ein paar Gardisten und spielen Karten. Auch der lange Gardist, der ihn hergebracht hat, ist dabei. Und dann sitzt da noch eine Frau und liest selbstvergessen in einem Buch. Er erkennt auf den ersten Blick, daß es eine Jüdin ist. Er weiß Bescheid.

Später sieht er sie am Strand. Und er sieht auch den langen Gardisten, der mit dem Motorrad über den festen nassen Sand auf sie zufährt, der seinen Helm und das Koppel sorgfältig ablegt, der selbstbewußt auf sie zugeht. Sie wehrt sich mit verzweifelter Zielstrebigkeit.

Er rennt über die Steinhalde. Er hält plötzlich einen scharfkantigen Stein in der Hand und schlägt zu. Der lange Gardist fällt hintenüber. Ein dumpfes, klatschendes Geräusch, als sein Kopf auf den rundgeschliffenen Stein prallt.

Sie warten auf das Schiff. In wortloser Übereinstimmung wissen sie, daß sie nur eines retten kann: so schnell wie möglich die Insel zu verlassen. Das Land zu verlassen. Die Flucht. Aber der Regen und der Wind haben ihre eigenen Gesetze. Spanien 1955.

Per Wahlöö veröffentlichte in den sechziger Jahren eine Anzahl Bücher, die in der thriller-Reihe erschienen sind. Thema all dieser Romane: Die Gewalt der Herrschenden und die Unterdrückung des Volkes. Es liegen vor: Mord im 31. Stock (Nr. 2424), nach dem der Film «Kamikaze» gedreht wurde, Das Lastauto (Nr. 2513), Libertad! (Nr. 2521), Unternehmen Stahlsprung (Nr. 2539), Die Generale (Nr. 2569) und Foul Play (Nr. 2588).

Per Wahlöö

Wind und Regen

Deutsch von
Eckehard Schultz

rororo

Rowohlt

rororo thriller
Herausgegeben von Richard K. Flesch

Deutsche Erstausgabe
Veröffentlicht im Rowohlt Taschenbuch Verlag GmbH,
Reinbek bei Hamburg, März 1983
Die Originalausgabe erschien bei Norstedt & Söners, Stockholm,
unter dem Titel «Vinden och regnet»
Redaktion Jutta Schmidt-Walk
Umschlagentwurf Ulrich Mack
Umschlagtypographie Manfred Waller
Copyright © 1983 by Rowohlt Taschenbuch Verlag GmbH,
Reinbek bei Hamburg
Copyright © 1961, Per Wahlöö
Satz Bembo (Linotron 404)
Gesamtherstellung Clausen & Bosse, Leck
Printed in Germany
480-ISBN 3 499 42625 0

Die Hauptpersonen

Tadeusz Beck:	Strandgut des Krieges.
Die Katalanin:	Opfer der Herrschenden.
Lydia Roth:	Jüdin, die überlebt.
Der lange Gardist:	Täter und Opfer.
Leutnant Pablo Ramirez:	Bauer, Offizier, Polizeichef.

I

Als das Ganze vorbei war, das Auto unten um die Straßenekke gebogen und das Quietschen der abgefahrenen und ungenügend aufgepumpten Gummireifen nicht mehr zu hören war, als die Männer in ihren grünen Uniformen aus dem Haus und aus der Gasse verschwunden waren, stand der Theoretiker immer noch stocksteif in der Ecke hinter der Waschschüssel aus Blech. Die Gendarmen hatten das Fenster aufgerissen und die hölzernen Laden aufgestoßen, daher konnte er jetzt sehen, daß sich in der Mitte des Bettes eine leichte Mulde befand, dort wo das schweißdurchnäßte Laken getrocknet war und wo jetzt grobe Konturen von menschlichen Körpern zu sehen waren. Das stellte er ganz sachlich fest, es interessierte ihn nicht weiter. Er hatte noch nie das Bedürfnis gehabt, sich neben einen anderen Menschen zu legen, um seine Gefühle kennenzulernen oder zu sich selbst zu finden. Und außerdem hatte ihn niemand gesehen. Aber irgendwo ganz innen drin spürte er doch so etwas wie einen Rest verpfuschter Aufrichtigkeit, und während er nachdenklich seine stark behaarte Brust und die struppigen Haare auf seinen Unterarmen betrachtete und dabei merkte, wie er langsam eine Gänsehaut bekam, wurde ihm bewußt, daß dies immerhin ein glücklicher Abschluß der ganzen Geschichte war. Sofern es so etwas wie Glück überhaupt gab und unter der Voraussetzung, daß das Leben so sein konnte, wie einige Unverbesserliche es immer wieder darzustellen versuchten. Und falls jemand tatsächlich einen anderen Menschen oder etwas anderes als sich selbst und seine klägliche

Person lieben konnte. Denn, überlegte er und bemerkte eine kleine graue Feder, die sich auf seiner behaarten Haut dicht unter der linken Brustwarze, dort wo die Blutpumpe war, zusammenrollte und langsam hinunter auf die Dielenbretter schwebte, denn diese Menschen waren bei ihrem Tun unterbrochen worden, und zwar genau in dem Augenblick, als sie von einander alles erfahren hatten und trotzdem eigentlich keiner von ihnen etwas über den anderen wußte. Sie hatten von ihrem Gegenüber alles gehört, aber noch nichts begriffen, und die Zweifel und die Unsicherheit waren aus der Last der Vergangenheit oder den grauen Wolken am Horizont der Zukunft noch nicht aufgetaucht. Schon bald darauf – mathematisch gesehen, und die Mathematik ist die große zynische Wissenschaft – hätten sie den Versuch unternommen, mit aller Macht Boden unter die Füße zu bekommen, einen Boden, der durch die Maulwurfsgänge der Vergangenheit unterminiert war. Sie hätten nach Luft in einer vergifteten Atmosphäre geschnappt. Sie hätten sich zur Wehr gesetzt und sich aneinandergeklammert, bis ihre Finger brachen und die Zentrifugalkraft sie – jeden in seine Richtung – auseinandergerissen hätte, und sie hätten alles gewußt, aber kaum etwas verstanden. Während er darüber nachdachte, bemerkte er immer mehr kleine Federn zwischen seinen Haaren, sie waren überall auf seiner Brust, bildeten eine hellgraue Fläche, die sich über den Nabel ausbreitete und nach unten hin einen Streifen bildete, bis sie sich an den Leisten wie ein Delta ausbreitete.

So hatte er auch ausgesehen, als ich ihn zum erstenmal sah. Es war an einem Julimorgen, und der Regen klatschte gegen die Fensterscheiben. Vor mir stand die alte Schreibmaschine. Ich hatte gerade einen populärwissenschaftlichen Artikel über eine berühmte Schlacht geschrieben, die vor langer Zeit stattgefunden hatte. Ich sah ihn, und ich war allein zu Hause und völlig wehrlos, und ich dachte nur: Es darf ihm nicht gelingen, dich unsicher zu machen, aber du darfst keinen Augenblick daran zweifeln, daß du ihn siehst. Ich legte den Zeitungsartikel in einen braunen Umschlag und spannte einen neuen Bogen in die Maschine. Und ich nahm mir fest vor, ihn jetzt wirklich festzuhalten, aber das wird wohl nicht gelingen.

2

Die kleinen grauen Esel trotteten mit den Reisigbündeln auf ihren Rücken langsam und mühselig hintereinander über den Bergkamm. Der Hund rannte auf seinen drei Beinen quer durch die Mandelbaumplantage, jeder Schritt auf dem knochentrockenen grauroten Erdboden verursachte eine kleine, helle Staubwolke. Die Frau aus Katalonien bewegte sich unter der dünnen Decke unruhig im Schlaf. Sie lag mit gespreizten Beinen auf dem Rücken und hatte die Hände auf die Oberschenkel gelegt, wie zur Vorbereitung auf eine Lieblingssünde. Aber sie schlief fest, und über der Kante des Überschlaglakens waren auf ihren Brüsten viele kleine Schweißtropfen zu sehen. Die Brustwarzen ruhten weich und entspannt auf ihrem dunklen fedrigen Untergrund. Noch weiter oben klebte ein kastanienrotes Haarbüschel an der Wange und bewegte sich leicht bei jedem der ruhigen Atemzüge. Er hob seine feuchte Stirn von dem schwarzen Blech der Schreibmaschine und wünschte sich, daß es die letzte halbe Stunde nie gegeben hätte, daß sie tot und vergessen und zusammen mit vielen anderen in das namenlose Grab gelegt würde, das man sein Leben nannte. Dann schrieb er weiter. Genau da wo er aufgehört hatte, mitten im Satz.

von Schottland über die Niederlande zu ihrem natürlichen Zentrum Deutschland–Skandinavien, zusammen mit einer von Rußland befreiten Ukraine, die ostwärts an Österreich anschließt und südlich an den deutschsprachigen Teil der Schweiz und Südtirol. Das setzt die Vertreibung der russischen Machthaber hinter den Ural und die Entfernung der Amerikaner und ihrer Kapitalinteressen aus Europa voraus.

Er stand auf, ging ein paar Schritte und spürte, wie der kühle Luftzug aus dem Brunnen seine Stirn streifte. Er goß sich einen Becher Wasser ein und trank mit schnellen kleinen Schlucken. Es schmeckte herb nach Eisen, Salz und Schweiß. Dann blickte er sich nach dem schmalen, harten Bett um und stellte fest, daß das Laken vom Schweiß beinahe durchsichtig geworden war und an ihrem Bauch und den Hüften festklebte. Er zog es wie ein Heftpflaster ab, ging zurück an die Schreibmaschine und warf einen Blick auf den Hund, der wie ein weißes, schmutziges Stück Fell direkt an der Schattenkante vor der Türschwelle lag. Als er die Taste mit dem Paragraphenzeichen anschlagen wollte, hatte sie sich verklemmt, und ehe er weiterschreiben konnte, mußte er einen jungen Grashüpfer herausklauben, der zwischen den Typenhebeln einen klebrigen, grünen kleinen Selbstmord begangen hatte.

§ 5

Um die innere Moral in dem arischen Block auf eine feste Grundlage zu stellen – was für den endgültigen Erfolg eine der wichtigsten Voraussetzungen ist –, scheint es unumgänglich, daß tatsächliche oder eingebildete Gegensätze zwischen Volksstämmen gleichen Blutes eliminiert werden. In dieser Situation zu Geschichtsfälschungen zu greifen ist jedoch aus den verschiedensten Gründen und in jeder Hinsicht verkehrt und muß mit allen Mitteln verhindert werden. Die Geschichte muß in jedem Fall klar, eindeutig, wahrheitsgetreu und schlüssig sein. Dadurch wird ein gesundes Überlegenheitsgefühl geschaffen, das heißt der arische Mensch kann mit Genugtuung und Stolz auf die Vergangenheit seiner Rasse blicken (und sich sagen: So bin ich gewesen, aber so bin ich heute nicht mehr, aus der Fehlerhaftigkeit, der Unsittlichkeit und Gleichgültigkeit meiner Vorväter habe ich gelernt). Solche Überlegungen führen bei jedem einzelnen Arier zu einem Gefühl der Freiheit und stärken sein Bewußtsein, besser zu sein als alle anderen. Diese Forderung ist nicht nur rechtmäßig, sondern muß eine Selbstverständlichkeit werden. Erst dann sind wir imstande, die Verantwortung, die die Zugehörigkeit zu einer überlegenen Volksgruppe mit sich bringt, zu tragen. Um diese Entspannung und die nationale Einigung zu erreichen, die als ein Übergangsstadium auf dem Weg zu einer totalen arischen und also europäischen Einheit zu betrachten ist, muß man allerdings in der Anfangsphase von leichtfaßlichen und allgemeinverständlichen Symbolen Gebrauch machen oder Haßobjekte anwenden. Das für den einfachen Mann naheliegende Haßobjekt ist natürlich – der Jude.

§ 6

Wie bereits die arischen Pioniere der dreißiger Jahre eingesehen haben, ist der Jude als der gemeinsame Nenner für das Kraftpotential der europäischen

Völker anzusehen. Das Vorkommen einzelner Juden in der arischen Volksgemeinschaft kann mit einfachen Mitteln als gemeinsames Problem aller über alle Ländergrenzen hinweg dargestellt werden. Daher muß man vor allem in der einleitenden Phase der Entwicklung dem Antisemitismus allerhöchste Aufmerksamkeit widmen. Der Neue Antisemitismus, der in vielschichtiger Weise mit anderen Mitteln arbeitet als sein historischer Vorgänger, muß vom ersten Augenblick an mit größter Sorgfalt und Genauigkeit aufgebaut und aus einem latent vorhandenen Widerwillen heraus zu einem aktiven und unverzichtbaren Bestandteil der psychischen Konstitution des arischen Menschen entwickelt werden. Wenn es nun darum geht, Grundlagen zu schaffen, den Neuen Antisemitismus zu intensivieren und ihn (schließlich) fest zu etablieren, können wichtige Lehren aus reichhaltigem Quellenmaterial gezogen werden. Nämlich erstens aus den Erfahrungen der arischen Pioniere während ihrer Arbeitseinsätze in den Jahren 1933–1945 und zweitens aus der eigenen prosemitischen Propaganda der Juden. Die zweite Alternative bietet verschiedene Aspekte, und ich möchte einleitend einige Richtlinien für eine genauere Analyse festlegen. Es ist bekannt, daß nach der Unterdrückung des germanischen Volkes im Zweiten Weltkrieg eine Reihe jüdischer Schreiberlinge mit intellektuellem Anspruch und in verschiedenster Form versucht hat, die selbst noch in der Niederlage eindeutig vorhandene Überlegenheit der arischen Rasse zu untergraben. Als Beispiel können folgende Namen stehen: Ilja Ehrenburg, Jean-Paul Sartre, Irwin Shaw und Arthur Koestler. Einige dieser Leute haben sicher aufrichtig und nach bestem Vermögen versucht, hinter die Ursachen des natürlichen Widerwillens des arischen Menschen gegen alles Jüdische zu kommen. Ich zitiere aus der Autobiographie eines amerikanischen Industriellen: ... gab ich eines Tages versehentlich einem Juden, Simon Blaustein, einem skrupellosen Geschäftemacher der Lebensmittelbranche, die Hand. Noch Stunden später war mir, als ob meine Hand nicht mir selbst gehörte, und ich fühlte Ekel und Widerwillen ... Es kann hinzugefügt werden, daß in dem Moment, in dem der Neue Antisemitismus so weit durchgesetzt ist, daß jeder einzelne Arier mit der gleichen Offenheit und gesunden Vernunft bei der Berührung oder auch nur beim Anblick eines Juden reagiert, er auch sein endgültiges Ziel erreicht hat: Dann steht der Arier als Person mit beiden Beinen fest im Leben, er fühlt seine Überlegenheit, ist sich ihrer bewußt, und er kennt seine Kräfte, mit denen er sich sein Schicksal selbst erkämpft. Denn selbst die Helden der Sage (Tristan, Sir Galahad, Hektor) erschauderten beim Anblick eines abstoßend häßlichen – wenn auch ungefährlichen – Tieres und scheuten sich, ein Reptil zu berühren.

Allerdings haben die erwähnten jüdischen Propagandisten bei ihren Bemühungen, die Ansichten der Juden – wenn auch in umständlicher und idealisierter Form – darzulegen, den analysierenden arischen Wissenschaftlern einen Einblick in die innersten Mechanismen des jüdischen Wesens gegeben. Damit lieferten sie zugleich eine Waffe in arische Hände, die richtig angewandt zum endgültigen Untergang der jüdischen Rasse führen wird.

Der Jude darf allerdings auch nicht unterschätzt

werden. Das beweisen all die unglückseligen Ereignisse, die er bereits verursacht hat, und die Fäulnis, die in unserer Gesellschaft auszubreiten ihm gelungen ist. Obwohl der Jude vor allem in physischer und moralischer Hinsicht so gut wie allen arischen Menschen weit unterlegen ist, besitzt er gewisse Instinkte, die man bei Ariern nicht findet. Genannt werden können hier der Herdentrieb und das in gewissen Grenzen berechnende Element, der Hang zum Spekulieren. Durch unser Wissen um die Reaktionen und die innere Mechanik des jüdischen Wesens können wir diese Eigenschaften allerdings gegen jeden einzelnen Juden einsetzen. Das eigentliche Problem, dem wir uns von Anfang an stellen müssen, ist ohne Zweifel der Bedarf an Cognac.

Das Klappern der Schreibmaschine brach abrupt ab. Ein verklingendes Echo hallte über die Terrasse und endete wie ein abgerissenes Kabelstück. Das war es also, wonach er immer schon gestrebt und sich gesehnt hatte. Seine geheimsten und machtvollsten Gedanken spontan ausdrücken und zu Papier bringen. Jetzt war es geschehen und er dachte: verdammtes Schicksal, verfluchte Ironie. Er drehte die Walze zurück und versuchte, den nicht zu Ende geführten Satz wieder aufzugreifen. Aber das gelang ihm nicht. Während er sich daranmachte, das letzte Wort überzutippen, murmelte er resigniert leise vor sich hin: Das Hauptproblem ist erst da, wenn der letzte Jude im Formalinbehälter im Staatsmuseum liegt. Man muß unbedingt darauf achten, daß man stets einige lebende Exemplare aufbewahrt, zur Verwendung im Fernsehen und in Propagandafilmen. Man sollte ... Verdammt, verdammt, verdammt, sagte er schnell hintereinander ziemlich laut, und der dreibeinige Hund hob seinen langen, schmalen Kopf.

Die Frau aus Katalonien wachte auf und schwang im gleichen Augenblick die Beine über die Kante des Bettes. Ihre Füße hinterließen auf dem Steinfußboden dunkle, feuchte Abdrücke, als sie mit kurzen Trippelschritten herankam, hinter den Schemel trat und sich von hinten über ihn beugte. Ihre Brüste lagen an seiner Schulter und ihre Wange an seiner Stirn.

«Mucho trabajo, siempre mucho trabajo», sagte sie mit gerunzelter Stirn und blickte auf die ihr unverständlichen Worte. «Qué escribes?»

«La verdad.»

Er sprach mit einem undeutlichen, gutturalen Akzent, vor dem die Kinder in abgelegenen Dörfern manchmal Angst bekamen.

«Lastima que no sé leerla», sagte sie mit ihrer eigenartigen Stimme und war angestrengt bemüht, ein deutliches Castellano zu sprechen. Dabei berührte sie mit ihrem Körper leicht seinen verschwitzten Rücken.

Er hob die Hand und begrub seine Finger in dem kastanienroten Haar. Selbstverständlich, überlegte er, selbstverständlich schrieb er la verdad, die Wahrheit, aber es schadete sicher nichts, daß sie diesen Text nicht lesen konnte. Es hätte auch sein können, daß sie davon überhaupt nichts verstanden hätte, und in dem Fall wäre der Schaden natürlich noch geringer gewesen. Sie ging um den Tisch herum auf die andere Seite und stand auf ihren breiten, kräftigen Füßen zwischen der Schattenkante des Zimmers und dem gleißenden Sonnenlicht draußen. Wachsam hatte sie den Kopf gehoben, zog den Duft von draußen witternd ein und beobachtete gespannt die andere Seite, auf der man zwischen den gezackten Spitzen des Bergrückens das schimmernde Band des Meeres sehen konnte. Er starrte auf ihren Rücken und die Schweißtropfen, die längs der Wirbelsäule herunterliefen und sich in einer feuchten Mulde darunter sammelten. Er fühlte sich leer und tot.

«Va a haber mal tiempo», erklärte sie, machte einen Schritt

vorwärts, stieg über den Hund hinweg und hinaus auf die Terrasse.

Er ertappte sich dabei, wie er sie beobachtete, als sie die rote Steingutschüssel zur Seite schob, vorsichtig mit der Hand die Staubschicht von dem Wasser entfernte und das Handtuch hineintauchte. Sie drückte das Tuch aus und wischte sich das Gesicht ab. Dann kam sie aus dem Sonnenlicht zurück in den Schatten, und er spürte den leichten Luftzug eines weiten, schwingenden Rockes. Schweigend ging sie wieder an ihm vorbei. Am Arm schwang sie den Bastkorb und machte sich auf den Weg, den schmalen Pfad entlang den Abhang hinunter. An der ersten Biegung waren ihre Füße bereits weiß vom Staub. Er blickte ihr lange nach, und erst als sie nur noch ein schaukelnder roter Fleck in der flimmernden Hitze war, erinnerte er sich an ihre langen Schenkel und die nackten, kräftigen Waden und spürte, wie sich tief in ihm drin und ziemlich weit unten ein kleiner Funken entzündete. Aber er wußte genau, daß der längst verlöscht sein würde, wenn sie wieder zurückkam, und er dann wiederum tot und nutzlos sein würde wie ein durchlöcherter Gummischlauch. Er erhob sich und ging ebenfalls zum Brunnenschacht. In dem Augenblick, in dem er nach der Schnur griff und damit begann, die Flasche hochzuziehen, wußte er bereits, daß er nicht trinken würde. Und trotzdem nahm er den Mund voll billigen Cognac und verschluckte sich dabei. Vorsichtig setzte er die Flasche ab und legte sich auf den Rücken. Die Hitze schlug über ihm zusammen, undurchdringlich und klebrig und voller unsichtbarer Staubteilchen, die bei jedem Luftholen mit eingeatmet wurden und sich in Nase und Rachen festsetzten.

Sein Schlaf war tief und traumlos wie auf dem Grunde eines tiefen Tales. Es kostete ihn genausoviel Mühe, so fest einzuschlafen, wie es anstrengend war, sich wieder aus dem Schlaf zu rappeln. Als er wieder über die Kante in die lebendige Welt gucken konnte, stand die Sonne schräg über den Bergen, und ihre Strahlen reichten weit in den Raum hinein. Durch einen schmalen Spalt zwischen verklebten Wimpern hindurch bemerkte er ihre frischgewaschenen Füße, die braunen Beine und den roten Saum ihres weiten Rockes, und es wurde ihm klar, daß sie am Tisch arbeitete, das kräftige Brot schnitt, Pfefferschoten aussuchte. Und es fiel ihm ein, daß es für sie ein langer Weg von Las Ramblas in Barcelona bis hier herauf gewesen sein mußte. Er versuchte wieder einmal herauszufinden, was sie hier eigentlich hatte finden wollen. Vielleicht ein Dasein ohne illegale Streiks und allwöchentliche Durchsuchungen und Abgaben an die Anhänger des Prinzen Alfons. Vielleicht auch nur das bißchen Freiheit, die Haare unter den Armen lang wachsen zu lassen, billige Lebensmittel auf verdreckten kleinen Bauernhöfen kaufen zu können und sie heimzutragen zu einem Mann, der mit offenem Mund auf dem Rücken lag und der trotz seiner in mancher Hinsicht vollkommenen Untauglichkeit in gewisser Weise ihr Mann war. Und was hatte er selbst ausprobieren wollen, als er sie mitnahm? War das nicht eine verworrene Zwangsvorstellung, welche sich aus einer unbewußten Notwendigkeit entwickelt hatte und nur ihn selbst etwas anging? Aber der Rocksaum und die schlanken Beine versanken in Gleichgültigkeit und Langeweile, und sein halbwacher Blick wandte sich dem Schemel, der verbeulten Schreibmaschine und dem Stapel mit Manuskriptpapier zu. Er spürte Größe in sich aufsteigen und alles Kleinliche und Zweitrangige, alles Individuelle und Egoistische wurde verdrängt. Die Sehnsucht nach dem vollständigen, rückhaltlosen Engagement wuchs und explodierte in seinem Innern, und Wellen rascher Vernichtung breiteten sich aus. Und danach war der Mittelpunkt nicht mehr in ihm drin, sondern er selbst war der Mittelpunkt, fest umschlossen von der Idee, die unüberwindlich und unangreifbar ihre Kreise zog, Kreise von Gewalt und Kraft. Jetzt war er hellwach und saß zusammengesunken auf der Bettkante, Bleigeschmack im Mund. Der Hund knurrte leise und hob die Schnauze. Die Frau aus Las Ramblas stand auf der Schwelle. Sie hielt zum Schutz gegen das blendende Sonnenlicht eine Hand über die Augen und beobachtete den Pfad.

«Un guardia», warnte sie ihn mit ihrer tiefen, weichen Stimme und schüttelte ihr Haar, das sich um die Sonnenstrahlen schlang, so als ob es sie festhalten wollte.

Er stand sofort an ihrer Seite, aber obwohl er keine schlechten Augen hatte, dauerte es eine ganze Weile, bis er den schwarzen Lackhelm in der Sonne blitzen sah. Als er endlich die Uniform ausgemacht hatte, war der Hund schon lauthals bellend den Pfad hinunter losgelaufen und zog eine helle Staubwolke hinter sich her. Der Zivilgardist kam näher und näher. Die Steigung war anstrengend, so daß er gebeugt über dem Lenker hing. Als der Weg noch steiler wurde, stand er auf und bewegte sein Körpergewicht von einer Seite zur andern über den Pedalen. Den Hund, der ihn inzwischen erreicht hatte und schnaufend neben dem hinteren Rad herlief, beachtete er gar nicht. Als er herangekommen war, legte er das Fahrrad neben den flachen Treppenstein, nahm den Karabiner von der Schulter und lehnte ihn gegen die Hauswand. Er sprach leise Worte zu dem Hund, der mit seinem Gebell aufgehört hatte und sich in den Schatten verzog. Dann nahm der Mann den Helm ab und fächelte sich damit Luft zu. Dabei kramte er in seiner grünen Uniform, so daß man den Eindruck haben konnte, er würde seinen Paß herausziehen. Aber in der Hand hatte er dann nur eine lange, goldbraune Zigarette. Die steckte er an, nahm ein paar tiefe Züge und blinzelte in den Raum hinein. Im nächsten Moment stolperte er beinahe über die steinerne Schwelle und sagte nur ein Wort:

«Vamos.»

Mehr war nicht nötig. Der Gardist trat hinaus, hob das Fahrrad auf, schwang den Karabiner über die Schulter und stand abwartend bewegungslos da. Er ließ seinen Blick über die verdorrten Felder gleiten, und man spürte Mitleid und eine Melancholie, die er Menschen gegenüber niemals aufbringen würde. Denn er war ein uniformierter Bauer, der Karabiner war sein Pflug und seine Augen suchten stets den Ackerboden. Als der Mann mit verknotetem Hemd auf die Terrasse hinaustrat, wurde das Gesicht des Gardisten wieder ausdruckslos. Er trat zur Seite, um Platz zu machen, und folgte dann im Abstand von drei Metern mit der linken Hand an der umwickelten Lenkstange und dem rechten Daumen unter dem Gewehrriemen. Die Frau aus Katalonien stand lange auf der Terrasse und sah die beiden kleiner und kleiner werden. Lange, gebrochene Schatten folgten ihnen. Der Hund lag vor den Füßen der Frau.

Er wandte sich nicht um, aber er wußte, wie sie in der hellen Sonne aussah. Schräg hinter ihm knirschte der Schotter unter den Nagelstiefeln, und die Fahrradkette scheuerte am Kettenkasten, und er fluchte lautlos: Verdammt. Verdammt soll ein Land sein, das seine Bauern in Uniformen steckt, sie aber trotzdem Bauern bleiben läßt. Verdammt soll ein Regime sein, das seine Ideen und Maßnahmen am grünen Tisch diskutiert, von wo aus es eigentlich einen Schritt vorwärts in Richtung auf ein höheres Ziel tun sollte.

Es war ein schmaler, krummer und steiniger Pfad, der am Hang hinabführte, und er war ihn häufig gegangen. Sein Pfad führte ihn von einer Einsicht zur anderen, und Gendarmen, Carabinieri, Militärpolizisten, Zivilgardisten und ganz gewöhnliche Polizeibeamte trabten schwerfällig drei Schritte hinter ihm her. Dabei sah er weder die Hölle noch das Paradies, sondern Leute, die ihren Stolz hinterrücks ermordeten und die ganze Scheiße dann Demokratie nannten und darin herumschwelgten, bis der Druck in ihren Därmen ihre Eingeweide sprengte und die Zähne verrotteten und ausfielen. Er sah erbärmliche Diktatoren mit nervösen Gesten und aufgeschwemmten Gesichtszügen in Pantoffeln und Nachthemden. Die saßen in ihren befestigten Armeleutehäusern, wo sie über alten Konservendosen wachten. Eine enthielt die fade Süßigkeit nie vollendeter Siege, und in einer anderen waren ungereinigte Bakterien eingelötet worden, die nun gärten und die Dose ausbeulten. Und rundherum stand das ewige graue Tageslicht, das sie herausgefordert hatten und an dem sie festhielten. Mit kraftlosen Mündern murmelten sie pflaumenweiche Gebete in die Leere. Diese Männer würden noch zehn oder fünfzehn oder zwanzig Jahre leben, ehe sie danach hinunter in ihre Marmorsärge kriechen würden. Und die Dosen würden platzen so wie es ihnen gefiel. Eine riesige Pestwolke und eine schmutzige Woge des Verfalls käme daraus hervor und würde deren steriles Lebenswerk in Chaos und Tod unter sich begraben.

Die ganze Zeit lang war er von solchen Ideen umgeben wie von einem unruhigen Bienenschwarm. Er lief aufrecht mit leichten, federnden Schritten. Der Fußweg wurde breiter, wurde zu einem Fahrweg, zu einer Straße und verschwand zwischen flachen, niedrigen Häusern. Apathische alte Frauen mit schwarzen Tüchern auf dem Kopf saßen wie schwarze Flecken an den schmutziggelben Mauern, und die Stiefel des Gardisten stampften über das unebene Pflaster. Sie gingen quer durchs Dorf, ohne nach links oder rechts zu blicken, zwischen vom Staub weißgepuderten Kakteen und rauhen Mörtelwänden hindurch und kamen am entgegengesetzten Ende wieder heraus. Hier war die Straße eben und hatte einen frischen Belag. Dahinten lag das Gebäude der Zivilgarde und die Kirche, zwei gleichwertige Institutionen, die sich oben auf dem Hügel wie zwei Schwestern gegenseitig stützten und schützten. Ein schwammiger Priester fummelte mit fetten Fingern zwischen den Weintrauben unter seinem Verandadach herum, und auf der Treppe vor der Gendamerie lag ein siestamüder Zivilgardist hingelümmelt mit aufgeknöpfter Uniformjacke und dem Koppel über der Schulter.

Der Wachposten schnitzte uninteressiert an einem Holzstück herum, aber als sie näher kamen, legte er es weg, steckte das Messer in die Tasche, knöpfte sich den Uniformrock zu, schnallte das Koppel um und ging ins Haus hinein. Der erste Gardist lehnte das Fahrrad an die Wand, hockte sich in den Schatten und begann nach seinem Zigarettenstummel zu suchen.

«Esperemos», brummte er.

Sie warteten. Bald danach kam der zweite zurück. Er nickte kurz mit dem Kopf, setzte sich hin und machte sich wieder über sein Holzstück her. Der erste ging die Treppe hinauf und verschwand. Kurz danach kam er mit zwei anderen wieder heraus. Die beiden nahmen ihre Fahrräder und rollten im Freilauf langsam und gesetzt hintereinander ins Dorf hinunter. Ein schwarz-weiß gefleckter Dorfköter, der ausgestreckt neben den Rädern gelegen hatte, rannte mit hängender Zunge hinter ihnen her. Zu hören war nur ein leichtes Rasseln der Schottersteine, die gegen die Schutzbleche schlugen. Der Gardist auf der Treppe schnitzte weiter an seinem Holzstück herum. Hin und wieder wetzte er die Schneide seines Messers an der Treppenstufe. Ein einziges Mal blickte er gleichgültig, aber nicht unfreundlich auf den Mann vor ihm und murmelte leichthin:

«Esperemos.»

Der Mann nickte und setzte sich auf die unterste Treppenstufe. Die Schärfe seiner Überlegungen hatte ihn längst im Stich gelassen. Er fühlte sich jetzt ebenso leer und gleichmütig wie die alten Frauen in den Straßen des Dorfes. Der Priester lief immer noch auf seiner Terrasse umher, dick und schwarz und schwerfällig pflückte er die Trauben und legte sie in Tüten aus Seidenpapier. Drinnen in dem Polizeigebäude waren Schritte zu hören, eine Tür fiel irgendwo ins

Schloß. Der Chef kam hinaus auf die Treppe, und der Wachposten legte sein Messer weg, stand langsam auf, ordnete seine Uniform und tat so, als ob er eine Ehrenbezeigung vorhatte. Aber der Kommandant ging schnell vorbei und verschwand um die Ecke. Als er wiederkam, hatte er es nicht mehr so eilig. Umständlich knöpfte er sich seinen Hosenschlitz zu, blickte erst hinauf in die Berge und dann hinüber zu dem Priester. Er machte mit der anderen Hand das Kreuzeszeichen, lachte meckernd und rief mit seiner besten Kommandostimme:

«Va a haber mal tiempo, padre!»

Ein bleiches, aufgedunsenes Gesicht wandte sich ihm zu, der Mund öffnete sich und die Goldplomben blitzten.

«Creo que si, señor teniente, mal tiempo mañana!»

Der Leutnant grüßte militärisch, entspannte seine Gesichtsmuskeln, so daß er nun wieder so grau und normal wie üblich aussah, drehte sich auf dem Absatz um und trat mit zackigen Schritten ins Haus, ohne noch etwas zu sehen oder zu hören. Der Priester schlug mechanisch ein Kreuz, sein Grinsen wurde höhnisch und boshaft, es war nicht leicht festzustellen, wem es eigentlich galt.

Der Wachposten nahm sein Holzstück wieder auf, begann zu schnitzen und sagte ohne aufzusehen:

«Si, va a haber mal tiempo.»

Was sollte man darauf antworten? Tatsächlich würde das Wetter mit großer Wahrscheinlichkeit schlecht werden, denn es war Herbst und die Hitze unnatürlich für diese Jahreszeit. Er stellte fest, daß die Schatten viel länger geworden waren. Es begann zu dämmern, und er stützte sich auf die Ellbogen, unterdrückte mühsam ein Gähnen und beobachtete den Gardisten, der langsam vor sich hin schnitzte und jedes Zeitgefühl verloren zu haben schien. Es fiel ihm ein, daß er sich vielleicht das Rauchen angewöhnt hätte, wenn dort, wo er die Jahre verbracht hatte, in denen man sich üblicherweise solche

Angewohnheiten zulegt, damals der Tabak nicht so knapp gewesen wäre. Dann hätte er jetzt rauchen können. Außerdem hätte er ja gut den Cognac mitnehmen können, aber eigentlich machte er sich nicht viel aus Alkohol, und deshalb fehlte der Schnaps ihm jetzt auch nicht. Er konnte dem Wachposten ja auch zu verstehen geben, daß er die Absicht habe, hinunter in das kleine Café zu gehen und dort ein Glas zu trinken. Aber er wußte, daß der Gardist dann munter werden und «Imposible» sagen und wahrscheinlich bedauernd grinsen würde. Deshalb schwieg er lieber. Statt dessen überlegte er, daß er nun wohl ausgewiesen werden würde, und grübelte darüber, welchen Vorwand man diesmal gebrauchen würde und auf welche Weise man ihm klarmachen wollte, daß er die Gastfreundschaft mißbraucht habe. Den Schutz dieses Landes, das eigentlich mehr als alle anderen Staaten Grund dazu hatte, ihm eine sichere Zufluchtsstätte zu sein. Aber vielleicht lag ein tieferer Sinn darin, daß er immer wieder weitergeschickt wurde. Die ständigen Widerwärtigkeiten und Schwierigkeiten, die ihm gemacht wurden, waren der Preis, den er für das Große und Wahre, das Besitz von ihm ergriffen hatte, bezahlen mußte. Dann dachte er einen Augenblick darüber nach, über welche Grenze man ihn wohl diesmal abschieben würde, und ehe er die Frage als gleichgültig und unwichtig beiseite schob, sah er seine alte Schreibmaschine vor sich auf einem wackeligen Bambustisch in einer Negerhütte stehen. Zum erstenmal seit sehr langer Zeit kam es ihm nun doch ein wenig komisch vor, daß er der Mann war, der die alte Welt erlösen und neues Mark in das Rückgrat Europas gießen sollte. Die Dämmerung kam mit einem kurzen, intensiven Farbspiel. Er sah einen anderen Priester wie einen unförmigen Kapaun auf ungewöhnlich breiten Füßen den Weg hinaufschlurfen, und bald darauf hörte er die beiden Geistlichen sich schreiend streiten. Sie störten die friedliche Abendruhe mit unanständigen Stellen aus der

Schrift. Dann wurden die Stimmen durch das Knallen einer Tür oben auf der Terrasse unterbrochen. Kurz danach hörte er die Stiefelschritte der Gardisten und das Klappern der Fahrradketten. Gleich darauf traten die Männer in den grünen Uniformen aus der Dunkelheit. Sie führten die Frau in ihrer Mitte, die hatte immer noch den weiten roten Rock an. Durch die Hintertür wurde sie ins Haus geführt. Wahrscheinlich hatte sie ihn gar nicht gesehen, denn es war jetzt ganz dunkel. Der Gardist auf der Treppe hatte mit dem Schnitzen aufgehört und tat jetzt gar nichts mehr. Der dreibeinige Hund kam nach einiger Zeit atemlos hechelnd den Weg hinauf und legte sich neben seinen Füßen vor die Treppe hin. Das alles überraschte ihn wenig, er machte sich deswegen keine Gedanken, sondern tat, was man ihm befohlen hatte. Er wartete.

Später hörte er, wie die alte Dampfmaschine, die den Generator antrieb, stöhnend in Gang kam, und eine schwache gelbrote Glühbirne begann über der Tür zu flackern. Ohne ein Wort zu sagen nahm der Wachposten sein Holzstück wieder auf und begann zu schnitzen.

Ihr Leben lang konnte sie den Anblick nicht vergessen, wie die Männer die Straße hinauf auf das Gittertor zukamen. Eine Reihe grüner Gestalten, die sich langsam, aber unaufhaltsam und unerbittlich näherten. Ein festgefügter Block von Männern in grünen Uniformen, der die Straße in ihrer ganzen Breite ausfüllte. Sie kamen mitten während der Siesta, während einer Zeit also, zu der der ganze Ort still vor sich hin döste. Mittägliche wabernde Hitze lag über den Fabrikanlagen, und die Sonnenstrahlen brachen sich in dem blanken Lack ihrer Helme, so daß man den Eindruck hatte, als ob sie sich unter einem Dach aus glitzernden schwarzen Flecken und spiegelnden Reflexen vorwärtsbewegten. Sie hatten sich viel Zeit gelassen, denn der Streik hatte bereits am frühen Morgen angefangen, gleich nach dem ersten heiseren Ton der Fabriksirene. Am Tag vorher war einem siebzehnjährigen Mädchen ein Arm abgerissen worden, dicht an der Schulter, von einem Treibriemen, an dem seit langem die notwendige Schutzvorrichtung gefehlt hatte. Den leeren Arbeitsplatz hatte man bereits an diesem Morgen wieder neu besetzt, an das Schutzgitter dachte natürlich keiner der hohen Herren. Daraufhin war der Streik ausgebrochen, so spontan und unberechenbar und wild, wie ein Streik nur in einem Land sein kann, in dem die armen Leute rechtlos sind. In einem Anfall von Raserei und mit wütendem Geschrei hatten die Arbeiterinnen die Vorarbeiter und Ingenieure aus dem Werksgelände gejagt und die großen Gittertore verriegelt. Ein paar verblüffte Polizisten waren mit Steinen beworfen worden. Einige kommunistische Arbeiter waren über den Zaun geklettert und hatten den Frauen dabei geholfen, im Werkshof eine Barrikade aus umgestürzten Handwagen zu bauen und leere Kisten an den Innenseiten der Fenster aufzustapeln. Danach war es ganz ruhig geworden, eine nervöse und lastende Stille, denn alle warteten mit wachsender Spannung auf das Unvermeidliche. Stundenlang. Aber jetzt knirschten die roten Ziegelscherben des Straßenbelags unter den schweren Stiefeln derer, die die Vergeltung bringen sollten. Noch ehe der Zug so nahe herangekommen war, daß man die Gesichter der Gendarmen erkennen konnte, flogen die ersten Steine durch die Luft. Anfangs vereinzelt und unsicher, aber bald massiv und gut gezielt. Der grüne Block ließ sich davon nicht beeindrucken, kam immer näher heran, ohne Hast, unaufhaltsam. Ein Stein schlug dem Offizier am linken Flügel die Mütze vom Kopf, und die Frauen lachten gellend und hysterisch. Wer begann als erster zu rufen? Wer stieß den ersten Schrei aus? Keiner konnte es sagen. Aber es waren Schreie, die so lange Zeit unterdrückt worden waren, die so lange niemand gewagt hatte, daß sie jetzt heiser und ungeübt klangen.

Viva la República!
Arriba Cataluña!
Abajo el Caudillo!

Die Gendarmen hoben ihre Gewehre, aber sie schossen nicht, sie gingen ungerührt gegen das Gittertor vor. Das gab nach, und es dauerte nicht lange, da flohen die Frauen haufenweise hinauf zu dem grauroten Fabrikgebäude. Dabei schrien sie immer noch übermütig. Sie erinnerte sich gut daran, daß sie die jüngste und kleinste gewesen und als letzte losgerannt war. In der Hand hatte sie einen scharfkantigen Stein. Nach fünf Schritten blieb sie stehen, drehte sich um, warf ohne zu zielen und sah, wie der Stein traf. Sah die Wunde direkt über dem rechten Auge in einem runden, gutmütigen Gardistengesicht, das sich vor Überraschung und Schmerz verzog. Sah das Blut am Nasenrücken hinter braunen Fingern hinunterlaufen. Dann war sie auch in dem Gebäude, lag zusammengekauert in dem engen Raum hinter einer Wanne, war schweißgebadet und zitterte. Sie hörte den kurzen Knall und das Echo, als das Türschloß in Stücke geschossen wurde und die dumpfen, kräftigen Schläge, mit denen die Türen eingeschlagen wurden. Gleich darauf dann die verzweifelten Schreie, bis die Stimmen sich überschlugen, und den zischenden Laut der Lötlampen, die die Gardisten aus der Reparaturwerkstatt geholt hatten. Sie roch den Gestank verbrannten Haares und versengter Haut, und durch den schmalen Spalt unter der Wanne sah sie eine Frau aus der Spinnerei, die sich zu einem halbnackten heulenden Bündel zusammengerollt hatte. Sie blieb in ihrem Versteck liegen, starrte mit ängstlich geweiteten großen Kinderaugen vor sich hin, bis jemand sich über die Wanne lehnte, sie an den roten Zöpfen herauszog und zu seinen Kameraden sagte:

«Solamente una niña ...»

Sie war nur ein Kind.

Die Schreie und den Gestank vergaß sie im Laufe der Jahre, aber niemals den grünen Block. Noch lange Zeit danach sah sie in blendend weißem Sonnenschein die Männer auf sich zukommen. In heißen Nächten, wenn die Zikaden draußen auf der Terrasse laut zu hören waren.

Sie wurde Rosita genannt, aber ihr richtiger Name war vermutlich Francisca Canaves. Sie war wahrscheinlich um das Jahr 1934 herum in der Provinz Gerona geboren worden. Als Elfjährige begann sie in einer Textilfabrik in Barcelona als Arbeiterin. Dort brach 1950 ein Streik aus. Seitdem gibt es keine Hinweise darauf, ob sie jemals wieder legal gearbeitet hat. Im Winter des gleichen Jahres wurde sie von der Policía Armada festgenommen und wegen Herumtreiberei und Prostitution zu acht Monaten Gefängnis verurteilt. Nach den Unruhen im Jahre 1951 wurde sie während einer Straßenrazzia festgenommen und der Geheimpolizei übergeben, denn sie hatte keine Personalpapiere bei sich und keinen festen Wohnsitz. Zehn Monate lang hielt man sie im Gefängnis fest, und nach der Entlassung war ihr Gesundheitszustand sehr schlecht. Zwei Jahre später sah es so aus, als ob ihr Leben endlich in geordneten Bahnen verlaufen würde und sie Halt gefunden hatte. Doch da wurde sie von einem Außenposten der Zivilgarde auf den Inseln festgenommen und verdächtigt, einer gegen den Staat gerichteten kriminellen Vereinigung anzugehören und im Besitz verdächtigen Materials zu sein. Dieses Material bestand aus einem siebzehn Jahre alten Passierschein, ausgestellt vom katalanischen Generalstab in Barcelona und bestimmt für eine Person, die ihr Vater gewesen sein kann. Die Anklage wegen staatsfeindlicher Tätigkeit wurde, nachdem sie sechs Monate lang im Gefängnis gesessen hatte, fallengelassen. Sie bekam dann eine kurze Freiheitsstrafe wegen unsittlicher Lebensweise und wurde aus der Provinz ausgewiesen.

Sie starb im September 1959 an Unterleibskrebs in einem illegalen Bordell in Valencia. Zwischen ihren wenigen Habseligkeiten gab es nichts, aus dem man auf ihre Identität schließen konnte, und da niemand Ansprüche auf ihren Leichnam anmeldete, wurde er dem anatomischen Institut überlassen.

3

Das Zimmer war groß und kalt und unfreundlich. Es hatte keine Fenster. Die Wände waren weißgekalkt und der Steinfußboden abgewetzt und geriffelt wie ein vom Seewasser geglätteter Sandstrand. Auf dem fleckigen Schreibtisch aus eingeöltem Olivenholz lag auf einer zerschlissenen braunen Schreibunterlage mit Eselsohren ein Stapel Papiere. Darauf hatte der Chef seine Dienstmütze gelegt, sorgfältig zusammengefaltet, so daß die hellgrüne Quaste zwischen den goldenen Tressen herausguckte. Zwei Gewehrständer standen an der einen Seite einer schmalen Holzbank und auf der anderen ein schmutzigbrauner Aktenschrank. Vor der Holzbank saß der Gardist mit dem Bauernschädel in der Hocke, und in der gegenüberliegenden Ecke befand sich die Frau aus Katalonien. Neben ihr stand ein anderer Gardist, groß und dunkelhaarig mit müden Augen. Er hatte einen kleinen schwarzen Schnurrbart und kräftige weiße Zähne. An der Wand hinter dem Schreibtisch hingen verblichene, von Fliegen bekleckerte Lithographien des Caudillo und von José Antonio Primo de Rivera, dazwischen eine runde Wanduhr aus Pittsburgh mit Gewichten und einem emaillierten Zifferblatt. Die zeigte jetzt bereits Viertel vor zwei.

Der Chef, Leutnant Ramirez, saß im Korbstuhl am Tisch. Er hatte die Uniformjacke aufgeknöpft und stützte die Ellbogen auf die Armlehnen. Obwohl er sich nach der Siesta umgezogen hatte, sah man bei dem weißen Hemd bereits wieder hellgraue Schweißränder an den Manschetten und am Kragen. Die Uhr tickte mühselig vor sich hin, die Sekunden zogen sich in die Länge, und die Fliegen summten an der Zimmerdecke. Hin und wieder wurde eine Fliege müde und fiel mit einem trockenen Klatschen auf den Fußboden oder die Tischplatte. Oben an der Decke konnte man sie bei dem diffusen Licht kaum richtig sehen.

Die Szene erstarrte zu einem Bild. Ein verstaubter vierekkiger Raum, zum Schneiden dicke Luft, unerträgliche Hitze und darin einige Männer und eine Frau, die auf dem Boden lag. Sie hatte sich auf die Seite gerollt, die zitternden Knie angezogen. Ihre Fußsohlen waren hart wie Leder und ockerfarben, zwischen ihren Zehen sah man den hellgrauen Staub des Weges. Kurz vorher hatte sie aufgeschrien, kurz und schrill, aber jetzt hörte man nur noch die Fliegen, dazu das träge Ticken der Wanduhr und ein leises, zischendes Geräusch von der Birne der Deckenlampe, die hinter einem grünen Zelluloidschirm verborgen war. Sie lag zusammengekrümmt da, wie ein Kind im Mutterleib, ihre Zehen waren gestreckt, aber die Waden angespannt und aus ihrem halboffenen Mund tropfte Speichel auf den Steinfußboden. Der lange Gardist stützte sich mit den Knöcheln gegen den Gewehrständer an der Wand und beobachtete nachdenklich den dunklen Fleck, der sich langsam ausbreitete.

Er hatte ihr kurz vorher mit den Fäusten in den Unterleib geschlagen, kräftig und ziemlich weit unten. Sie hatte laut geschrien und war hingeschlagen und hatte mit ihren langen nackten Beinen gestrampelt, zuckend und krampfartig wie in einem luftleeren Raum. Aber jetzt lag sie ganz ruhig da.

Der Gardist bei der Bank hatte sich nicht bewegt, und sein sorgenvolles Bauerngesicht ließ keine Regung erkennen. Aber der Chef hatte vor Abscheu und Ekel die Augenbrauen hochgezogen, nicht etwa wegen der Gewaltanwendung, sondern weil er ihre krampfartigen Zuckungen obszön fand.

Mit deutlich zum Ausdruck gebrachter Langeweile trommelte er mit den Fingern auf der Schreibtischkante und nickte zur Tür hin. Der lange Gardist bückte sich und versuchte sie auf die Beine zu stellen, aber sie schnappte wie ein gefangenes Tier nach seiner Hand und ihre Kiefern klappten zusammen. Sie rollte herum und versuchte sich auf die Knie und die Unterarme aufzustützen.

«Juan», sagte der Chef, und der Gardist an der Bank richtete sich auf, machte katzenartig ein paar Schritte über den Boden und wartete. Als sie dann aufrecht dastand, breitbeinig, aber mit geschlossenen Oberschenkeln und den Händen auf den Unterleib gepreßt, blickte er den Langen mitleidig an und legte ihr die Hand auf die Schulter. Sie leistete keinen Widerstand, sondern ging mit kurzen, unsicheren Schritten voran. An der Schwelle drehte sie sich um und sah zu dem Mann hinüber, der an der schmalen Seite des Schreibtischs stand. Die roten Haarsträhnen klebten an ihrem Gesicht. Bevor die Tür geschlossen wurde, konnte man von draußen das Heulen des Hundes hören.

Der Chef seufzte und fummelte mit dem Zeigefinger an dem Quast seiner Mütze herum. Der lange Gardist nahm seinen Karabiner aus dem Gewehrständer und zog das Schloß zurück. Er nahm einen Ladestreifen aus der Tasche, drückte zwei Patronen heraus und schob sie mit dem Daumen in das Magazin. Als das trockene Klicken zu hören war, stand er bereits in der Tür, und eine Minute später peitschte der Schuß, als er den dreibeinigen Hund erledigte. Ein kurzer dumpfer Knall ohne Echo.

Der Chef seufzte wieder und machte eine schwache Bewegung mit der Hand zu dem Schemel auf der anderen Seite des Tischs. Er hoffte, daß dies alles nun bald vorüber sein würde.

Der zweite Schuß kam dann doch nicht. Draußen vor dem Gebäude herrschte völlige Stille, und alle warteten auf den Wind und den Regen.

4

Auf halbem Wege hinauf zum Paß war das Motorrad so heiß gelaufen, daß sie anhalten, absteigen und Pause machen mußten, damit der Motor abkühlen konnte. Die Steigung war gleichmäßig und anstrengend, denn die Straße hatte keine Haarnadelkurven, sondern zog sich an einem Sims hinauf, der in die steile Wand gesprengt worden war und wie ein Brett am Berg hing. Darunter lag das ausgetrocknete Tal mit graubraunen Pinien zwischen den blanken Gesteinsbrocken, und in der Talsenke standen verlassene und verfallene alte Bauernhäuser. Vor denen zeigten lange Pumpenstangen über ausgetrockneten Brunnen in den Himmel. Während der Motor laut knackend langsam abkühlte, saßen sie am Wegrand und aßen eine Melone, die sie sich geteilt hatten, bis auf den letzten Rest auf. Danach stellten sie sich nebeneinander an den Abgrund und pinkelten hinunter. Einige Kilometer weiter oben begann der Motor wieder zu stottern. Sie hielten an einem verfallenen Wirtshaus an und tranken einen Cognac. Mit leiser Stimme unterhielten sie sich über nebensächliche Dinge, wie Männer auf einem Ausflug. Während sie darauf warteten, daß der Motor kühl wurde, kam der Sturm schneidend über den Paß und brachte gelbrote Staubwolken aus den Tälern mit herauf. Eine Viertelstunde später begann es zu regnen, zuerst mit wenigen dicken Tropfen, aber bald danach in dichten, peitschenden Schauern. Es war immer noch erst Vormittag, und sie hatten noch mehr als die Hälfte der Strekke vor sich.

Bergauf und immer weiter bergauf. Er saß zusammengekauert hinter dem langen Gardisten. Da er keine Motorradbrille hatte, mußte er den Kopf einziehen, um sich vor dem Wind und dem Regen zu schützen. Grober grüner Uniformstoff scheuerte an seiner Wange. Unter den linken Arm hatte er eine Segeltuchtasche mit einigen wenigen persönlichen

Habseligkeiten geklemmt. Mit dem rechten mußte er sich an der Hüfte des Fahrers festhalten. Er spürte die Kante der Pistolentasche an seinem Handgelenk und dachte an die Frau aus Katalonien, die sich in Krämpfen vor den Füßen des langen Gardisten gewunden hatte. Er überlegte auch, daß es theoretisch gesehen gerade jetzt relativ leicht sein mußte, die Pistole an sich zu nehmen, aber der Lange würde das bei seiner natürlichen körperlichen Überlegenheit zu verhindern wissen. Dann machte er sich klar, wie abwegig dieser Gedanke war. Der Mann vor ihm hatte ihm nichts getan, und er hatte nichts zu befürchten.

Die Straße war steinig und holperig und das ständige Rukkeln und Stoßen brachte ihn immer wieder auf neue Gedanken. Das nächtliche Verhör, die Lampe mit dem grünen Schirm, die umständlichen Erklärungen und die höfliche Kälte in der Stimme des Polizeichefs.

Ihr Zusammenleben mit dieser ... schamlosen ... Verbitterung und Ärgernis geweckt ... achtbare Mitbürger ... sogar bei den Männern der Kirche ... dieser rücksichtslose ... Anschlag auf Sitte und Anstand ... so sind nun mal unsere Gesetze ... Ausweispapiere nicht vorhanden ... Genehmigung zum Aufenthalt in dieser Provinz fehlt ... und was viel schwerwiegender ist ... sie ist im Besitz ... belastendes Material ... verbotene Schriften ... kann nicht ausgeschlossen werden ... Verdacht staatsfeindlicher Tätigkeit ... Ihr Zusammenleben mit dieser Person ... daß ich Ihre Aufenthaltsgenehmigung nicht verlängern kann ... auch nicht ohne weiteres ein Ausreisevisum ausstellen ... einen Antrag darauf haben Sie ja auch noch gar nicht gestellt ... Sie verstehen ... hoffe ich ... meine Situation ... Dokumente und Manuskripte sind in Ihrer Unterkunft beschlagnahmt worden ... zur Übersetzung und Untersuchung ... überlasse den Fall einer höheren Instanz ... solche Behörde gibt es hier auf der Insel nicht ... einer meiner Männer kommt mit ... verantwortlich für Ihre Sicherheit ... fahren so bald als möglich ... beide ... morgen nachmittag ... wahrscheinlich auf Kosten der Verwaltung ...

Die Uhr tickte. Die Lampe zischte hinter ihrem grünen Schirm. Fliegen summten, Fliegen summten, Fliegen summten.

... tut mir leid, daß Sie die Nacht hier zubringen müssen ... weil, die Sache, die Sie sich da eingebrockt haben ... als Fremder, Staatenloser ... kein rechtes Verständnis gehabt ... auf alle Fälle ein Verbrechen gegen Sittlichkeit und Anstand ... Beihilfe ... vor den Behörden verborgen ... Frau auf der Fahndungsliste ...

Schräg über den Tisch hatte er einen Blick auf die belastenden Papiere werfen können. Hatte einige Worte aufgefaßt, in dem er Buchstabe für Buchstabe über Kopf gelesen hatte. Generalitat de Catalunya ... Comitè Central de les Milicíes Antifeixistes ... cobri pel seu compte el subsidi d'ajut ... Uninteressante alte Papiere, die in einer vergilbten katalonischen Ausgabe des kommunistischen Manifestes gelegen hatten. Wahrscheinlich nur deshalb versteckt, weil sie in der verbotenen Sprache abgefaßt waren. Der Muttersprache der Frau.

Wieder ein Gedankensprung. Das fahle Licht des Morgens in der Zelle und ein Schatten über der Pritsche. Der lange Gardist mit frischgeputzten Stiefeln, schwarzem, glänzendem Haar voll Brillantine und weichem, glattem Kinn, das gerade erst mit dem Rasiermesser bearbeitet worden war. Die große braune Hand auf seiner Schulter. Die Uhr, die sechs schlug.

Er selbst fühlte sich schmutzig und müde und fertig, wie er da zusammengekauert auf dem Rand der dreckigen Pritsche saß. Seine Augenbrauen waren vom Staub verklebt, und im Mund spürte er einen Geschmack von Tod und Fäulnis. Er würde zwangsweise auf eine lange, sinnlose Reise geschickt werden, zuerst hinüber an die Küste, dann übers Wasser auf die nächste Insel. Wenn er die überquert hatte, war er in der Provinzhauptstadt, wo es um diese Jahreszeit von herumlungernden Ausländern wimmelte und wo es jede Menge Bars und motorisierte Streifen der Policía Armada gab. Ohne Begeisterung versuchte er, sich über seine Situation klarzuwerden. Es würde Tage und Wochen dauern, bis sie sein Manuskript übersetzt und seine Identität festgestellt hatten. Vielleicht vergingen Monate, bis der Befehl von höchster Stelle kam und seine Aufenthaltsgenehmigung um ein weiteres Jahr verlängert wurde. Dieser oder jener würde um Entschuldigung bitten, mit gespielter Zerknirschung und mit gewundenen oder auch hochtrabenden Redensarten. All das nur, weil ein mittelmäßig begabter, übereifriger Polizeioffizier übertriebenes Interesse an einer ziemlich uninteressanten Frau gehabt hatte, die sich die Freiheit herausgenommen hatte, ihren nicht mal attraktiven Körper nackt vor ihrem eigenen Haus in der Sonne zu baden, und die ein paar unwichtige Papiere, deren Inhalt sie sowieso nicht verstand, versteckt hatte. Vielleicht hatte sie in der Kirche gelächelt. Denn sie lächelte doch so gerne.

Aber er kannte so was alles schon. Das war der berühmte Wermutstropfen und ließ sich nun mal nicht umgehen.

Er bekam eine Quittung für sein Manuskript, seine Schreibmaschine und seine Bücher. Der lange Gardist holte das Motorrad aus dem Schuppen und startete den Motor mit erwartungsvollem Eifer, so als ob diese Reise eine Gelegenheit mit ungeahnten Möglichkeiten sei. Die Luft war drükkend und heiß, und man konnte davon ausgehen, daß das Unwetter bald losbrechen würde.

Jetzt raste der Sturm ungehindert über den Bergrücken. Bevor der erste Gewitter- und Hagelschauer losbrach, hielten sie kurz an. Der Gardist zog sich einen Regenumhang über, und er selbst zwängte sich in seine dicke Jacke aus Ziegenleder, die er in die Leinentasche hineingestopft hatte. Die

Jacke war steif und die Falten scheuerten, aber sie schützte ihn gut vor dem Wind, dem Regen und der feuchten Kälte, die vom Meer her heraufzog.

Der Straßenzustand wurde noch schlechter, denn der heftige Regen spülte den Schotter von der nachlässig angelegten Fahrbahn weg. Es war bereits Nachmittag, als der Gardist den Zündschlüssel umdrehte und die lange, kurvenreiche Abfahrt zur Küste hinunter ohne Motorkraft begann.

Unten lag das Fischerdorf versteckt und vergessen in einer langgestreckten sandigen Bucht, die von allen Seiten von den steilen Hängen der Sierra umschlossen wurde. Während der Sommersaison kamen Touristen hierher, wenn auch nur sporadisch und vorläufig nicht in großer Zahl. Aber um diese Jahreszeit lag der Kai breit und verlassen im Regen vor ihnen, und die meisten Häuser sahen stumm und leer aus. Der Hafen war ungewöhnlich groß. Er hatte eine neu erbaute lange Mole, deren Ende im Nebel verschwand. Aber an der Innenseite lagen nur kleine Fischerboote, und viele davon waren auf den Sandstrand gezogen worden.

Vor dem Gasthof waren drei Gardisten in dunkelgrünen Regenmänteln dabei, eine graugestrichene Motorbarkasse zu vertäuen. Außer ihnen war weit und breit kein Mensch zu sehen. Das Büro der Dampfschiffahrtsgesellschaft war düster und roch muffig. Eine braune Holzbarriere lief quer durch den Raum, und an der Wand neben der Tür hing eine vergrößerte Fotografie eines kleinen und recht altertümlichen Passagierdampfers. Aber dieses Bild war schon älteren Datums. Damals hatte das Schiff neu und elegant ausgesehen, mit vielen Wimpeln und Signalflaggen, und das Deck war voller fröhlich winkender Leute mit Strohhüten auf den Köpfen gewesen. Auf dem Foto war der Name des Dampfers ‹República› dick durchgestrichen worden und darunter stand in hübschen Druckbuchstaben sauber der neue: ‹Teniente Coronel José Baltazar García Ruiz›.

Vor der Barriere stand eine junge Frau in Gummistiefeln und schwarzem Plastikmantel. Sie lehnte sich auf die Holzleiste und sprach mit einem sehr kleinen, rundlichen Mann, der an einem Pult hinter der Schranke saß. Er hatte einen grauen Bürokittel an und das Gesicht voller Warzen. Wild mit den Armen gestikulierend, versuchte er der Frau mit einigen wenigen englischen Worten etwas zu erklären:

«The booot can not go to-day. Mal tiempo, bad weather.» Er zeigte an die Decke und machte mit seinem gelben Bleistift heftige Wellenbewegungen. «Peerhaps mañana, peerhaps de day after mañana. Imposible to say, peerhaps mañana, peerhaps ...»

Der Reedereiagent suchte lange nach Worten.

«Next morning», sagte er dann triumphierend, «peerhaps next morning.»

Die Frau sah aus, als ob sie das Wichtigste vom Inhalt seiner Rede verstanden hätte. Sie nahm ihre Schiffskarte, zuckte leicht mit den Schultern und wandte sich der Tür zu.

Er sah ihr Gesicht und fuhr zusammen, so als ob ihn jemand geschlagen hätte. Sie war älter, als sie von hinten ausgesehen hatte, man konnte sie aber dennoch als jung bezeichnen. Ihre Augen waren dunkelbraun, beinahe schwarz, ihre Stirn breit. Die Augenbrauen hatte sie nachgezogen und ihre Nase war kräftig und nur ein wenig krumm.

Aber es gab weiß Gott keinen Zweifel. Er irrte sich niemals bei einem jüdischen Gesicht. Dazu war er viel zu gut trainiert. Er betrachtete sie sorgfältig und abschätzend, während sie an ihm vorbei durch das Büro ging. Sie nahm keine Notiz von ihm oder dem Gardisten. Die Tür schlug hinter ihr zu.

Er fühlte sich zufrieden und beinahe heiter, wie ein Insektenforscher, der einen seltenen Käfer gefunden hat. In seiner Brust fühlte er ein angenehmes Vibrieren, und er wurde von einem behaglichen Überlegenheitsgefühl durchströmt.

Der lange Gardist unterschrieb den Empfangsschein für

die Schiffskarten und hörte mit stoischer Miene dem alten Angestellten zu, dessen Stimme jetzt unterwürfig und weinerlich klang. Das Schiff konnte leider nicht zur festgesetzten Zeit abfahren ... vorläufig noch nicht ... es war ein kleiner Dampfer, und die Reederei konnte die Verantwortung nicht übernehmen ... aber sobald der Sturm nachlassen würde ...

Der Lange nahm ein Plastikfutteral heraus und schob die Schiffskarten zwischen den Paß und den maschinengeschriebenen Bericht des Polizeichefs. Er sprach kein Wort. In der Tür hörten sie immer noch die Stimme des Reedereiagenten:

«Tal vez mañana por la mañana.»

«Vielleicht morgen, ganz früh.»

Draußen war der Regen stärker geworden. Ein braun und weiß gefleckter Hund, der an der Mauer gelegen hatte, dort wo er zumindest ein wenig Schutz vor dem Unwetter fand, stand auf und strich um seine Beine. Er beugte sich herab und streichelte ihn sanft über den Rücken. Die ganze Zeit über dachte er an die Frau in dem schwarzen Regenmantel.

Da er und der Gardist mit dem Motorrad zurückfuhren, holten sie die Frau noch vor dem Gasthof ein. Sie ging langsam, hatte den Kopf vornübergebeugt und offenbar nicht daran gedacht, die Kapuze über den Kopf zu ziehen. Ihr schwarzes Haar glänzte vor Nässe.

Das Wasser auf dem Kai spritzte in weitem Bogen von den Rädern weg. Schräg hinter ihnen her lief fröhlich hechelnd mit weit heraushängender Zunge der braun-weiße Hund.

Im Erdgeschoß des Wirtshauses befand sich ein großer heruntergekommener Raum mit Bar und Espressomaschine. Zwischen den Marmortischen und den unordentlich hingestellten Stühlen stand ein hoher, altertümlicher eiserner Ofen. Da der Regen den Rauch im Schornstein heruntergedrückt hätte, stand er kalt und schwarz und ohne wärmendes Feuer da. Aber mitten in dem Saal hatte der Wirt ein Gefäß mit glühender Holzkohle auf den Fußboden gestellt. An dem Tisch dahinter spielten einige Gardisten Karten. Wahrscheinlich hatten sie gerade frei. Die Zimmer lagen im ersten Stockwerk hinter braunen Türen, die schräg in ihren Angeln hingen und deshalb nur mühsam geschlossen werden konnte. Der enge Flur war mit billigen Steinplatten ausgelegt. Während er sich wusch, hörte er, wie die Frau an seiner Tür vorbeiging und in ihrem Zimmer am äußersten Ende des Ganges verschwand. Als er heraustrat, stand der braun-weiße Hund von der Schwelle auf und wedelte vorsichtig und unsicher mit seinem zerzausten Schwanz. Der lange Gardist lächelte entschuldigend, schloß die beiden Zimmertüren ab und steckte beide Schlüssel in seine Tasche.

Im Erdgeschoß war man dabei, das Abendbrot zu servieren. Sie saßen an einem Fenstertisch, und der lange Gardist wischte mit einem grauen Brotkanten das trübe, dickflüssige Olivenöl sorgfältig auf. Der Hund hatte es sich zu ihren Füßen bequem gemacht. Die Frau mit den Gummistiefeln saß an einem der Tische an der Wand. Sie hatte den Regenmantel ausgezogen. Darunter waren eine schwarze Bluse und ein brauner Samtrock zum Vorschein gekommen. Die ganze Zeit über las sie in einem Buch, während des Essens und als der Wirt das Geschirr abräumte und auch später noch.

Der Lange stocherte langsam und ausdauernd zwischen seinen Zähnen. Dann stand er auf, ging mit festen Schritten hinüber und setzte sich schräg hinter die Kartenspieler. Er sah dem Spiel zu, schielte aber hin und wieder auch zu der Frau hinüber, während er mit der Spitze seines Zeigefingers nachdenklich seinen schmalen Schnurrbart strich.

Draußen war es schon lange dunkel geworden, als sie sich erhob, das Buch zuschlug und die Treppe hinauf verschwand.

Der nächste Morgen kam, und es hatte sich kaum etwas verändert. Die Gardisten, möglicherweise nicht die gleichen wie am Abend vorher, spielten Karten, und der Lange saß hinter ihnen und nippte an seinem café con leche. Die Frau las in ihrem Buch und hatte das Kinn auf die Ellbogen gestützt.

Nichts deutete darauf hin, daß der Regen jemals wieder aufhören würde. Er fiel draußen vor den Fenstern wie ein undurchdringlicher Teppich und dämpfte alle Geräusche mit seinem isolierenden, einschläfernden Klatschen. Hin und wieder lösten die Gendarmen sich ab. Wer neu hinzukam, zog den Regenmantel aus, bevor er sich an den Tisch setzte. Der Lange wippte auf seinem Stuhl. Einmal stand er auf, wärmte sich die Hände über dem offenen Feuer, blickte zu der Frau hinüber und lächelte.

Stunde um Stunde saß der Mann in der Ziegenfelljacke an seinem Tisch am Fenster und kämpfte mit dem Schlaf. Ab und zu sah er zu der Frau hinüber, so als ob er sich davon überzeugen wollte, daß sie noch da sei. Als sie die Hand hob, um ihren BH zurechtzurücken, versuchte er sich auszumalen, wie sie wohl unter ihrer Kleidung aussah. Aber er konnte sich das nicht recht vorstellen. Für ihn war sie ein Gegenstand, beinahe abstrakt. Ein umherirrendes Exemplar einer verlorenen Rasse, zum Untergang verurteilt.

Er beugte sich herab und kraulte den Hund hinter den Ohren.

Der Polizeichef wußte eine gute Küche zu schätzen. Besonders gern aß er Caracoles, Schnecken, die in leicht gesalzenem Wasser gekocht waren. Er hatte sich angewöhnt, dieses Gericht spät in der Nacht, wenn sogar die Fliegen schliefen, drüben im Café zu bestellen. Er stocherte in den Schneckenhäusern herum, zog die gesalzenen Schnecken heraus und kaute langsam und ausdauernd darauf herum. Hin und wieder hörte er Schreie und Gelächter, Stöhnen und Flüche durch die dicken Steinmauern. Die Laute kamen gedämpft an sein

Ohr, wie durch einen Watteberg. Er wußte, daß seine Untergebenen sich nebenan mit der Frau aus Katalonien vergnügten. Zwischendurch wanderten seine Gedanken immer wieder in die Vergangenheit. Er dachte an Ereignisse, die nun schon lange zurücklagen. Zum Beispiel an eine Straßenkreuzung in Barcelona. Das war lange Jahre her, kurz nachdem er zum Leutnant befördert worden war. Es war mitten im Sommer gewesen, drei Uhr nachmittags, und die Hitze lastete bleischwer auf Menschen und Tieren. Er sah eine Pferdedroschke mit hohen Rädern vor sich, die auf die Kreuzung rollte, obwohl der Verkehrspolizist dem Kutscher ein Stopsignal gab. Und er sah den Bus, der auf der Fahrbahn von einer Seite auf die andere schleuderte und mit quietschenden Reifen und blockierten Bremsen schräg davor stehenblieb. Ein alter Mann, der schlafend auf dem Kutschbock hing und dessen Kopf hilflos hin und her pendelte. Er beging eine Dummheit. Er gab dem Verkehrspolizisten ein Zeichen, dann trat er auf die Fahrbahn und stellte befriedigt fest, wie dem Kutscher, der ihn mit müden Augen anblickte, der Schreck in die Glieder fuhr. Im Wagen bemerkte er einen neugierig um sich blickenden Ausländer in makellos weißem Leinenanzug und mit sommersprossigen abstehenden Ohren. Als er die Hand nach den Papieren ausstreckte, kletterte der alte Mann mühsam vom Wagen herunter und blieb zusammengekrümmt in untertäniger Haltung vor ihm stehen, wie ein Bettler mit entblößtem Kopf. Er murmelte unzusammenhängende, bittende Worte vor sich hin und fummelte mit zittrigen Fingern an den Nähten seiner Uniformjacke. Als der Leutnant einen halben Schritt zurücktrat, sank der alte Mann auf den heißen Asphalt und grabschte nach seinen Füßen. Er blickte runter und sah den halboffenen sabbernden Mund dicht vor der Spitze seines schwarzen Stiefels. Lahmgeschlagen und unsicher stand er da, bis der Verkehrspolizist einen schrillen Pfiff ausstieß und von seinem Podest aus «Por favor, señor teniente!» rief. Da stieß er mit dem Stiefel den Kopf des alten Mannes weg. Aufgeregt und wütend drehte er sich um und ging mit nervös geröteter Stirn davon. Jemand aus der

Menge auf dem Bürgersteig rief «Brutos!» hinter ihm her, aber er drehte sich nicht um.

Er hieß Pablo Ramirez und war Offizier in der Zivilgarde von Estremadura. Schon als ganz kleiner Junge hatter er von schnurgeraden ausgerichteten Kompanien und dem Knarren der Militärstiefel geträumt, aber es dauerte zwanzig Jahre, bis er festgestellt hatte, daß es sich dabei um einen Alptraum gehandelt haben mußte. Er lernte an der Ebro-Front die Katalonier hassen. Er fluchte mit den Kameraden, als sie in der Scheiße lagen und während der langen, unehrenhaften und schmachvollen Rückzüge, bis es den Soldaten, die für die reine Lehre und das Recht kämpften, schließlich gelang, den gottlosen roten Pöbel zu vernichten. Da schrieb man bereits das Jahr 1939, und er hatte genug vom Kampf und vom Krieg. Aber die Jahre in der grünen Uniform hatten ihn gelehrt, sich nach dem sichtbaren Feind zurückzusehnen, dem Feind hinter dem Stacheldraht, im Schützengraben, dem Feind auf der anderen Seite des Flusses. Als er sich zur Guardia Civil meldete, war er noch voller Zuversicht und glaubte fest an die Zukunft der herrschenden Klasse. Aber der Krieg ging weiter. Gegen einen Feind, der nun nicht mehr mit dem Feldstecher oder dem Grabenspiegel auszumachen war, der überall und nirgendwo war, manchmal sogar in ihm selbst. Eine Partie Korrespondenzschach, die viel zu ausgedehnt und ohne Perspektive war, um noch spannend zu sein. Der alte Kutscher zu seinen Füßen und eine anonyme Stimme aus der Volksmenge. Er war ein guter Offizier gewesen, aber er wurde ein schlechter Polizist. Er begriff niemals die sensiblen Feinheiten seiner Aufgabe, die darin bestand, die Katalonier zu tyrannisieren. Nach einer mißglückten Razzia 1949 wurde er auf einen unbedeutenden Posten draußen auf den Inseln versetzt, und seine Personalpapiere verschwanden in einer Schublade, die nur selten geöffnet wurde. Seine Frau war in Madrid geboren worden und stammte aus einer gutbürgerlichen Familie. Sie litt unter der Isolation und beklagte sich darüber, daß er es nicht verstand, sich bei den richtigen Stellen ins rechte Licht zu setzen. Zusammen mit den Priestern war sie die treibende

Kraft in der Liga zur Bewahrung von Sitte und Reinheit. Im Laufe der Zeit schien es so, als ob es die einzige Aufgabe dieses Vereins war, ihn zu irgendwelchen Aktivitäten zu zwingen. Er überlegte sich öfter, wie schön es wäre, wenn er nur sich selbst Rechenschaft über seine Arbeit abzulegen hätte. Leutnant Ramirez hatte eine starke Ähnlichkeit mit dem Caudillo und war nicht wenig stolz darauf, aber es plagte ihn, daß seine Würde litt, wenn er mit dem Fahrrad fuhr. In seinen Personalpapieren stand nur eine einzige Bemerkung, schluderig mit Bleistift eingetragen: mangelndes Beurteilungsvermögen.

Als der Polizeichef seine Caracoles aufgegessen hatte, schob er die Schale, in der die Schneckenhäuser und die Reste der Schnecken in dem schmutzigbraunen Wasser lagen, von sich weg. Dann wischte er sich die Finger an der Unterseite der Schreibtischplatte ab. Die gequälten Laute aus dem Raum nebenan hatten aufgehört.

5

Als der Regen aufgehört hatte, blickte er zu der Wanduhr mit dem zerbrochenen Glas und dem abgeblätterten Zifferblatt, die über dem Schanktisch hing und deren Zeiger auf halb zwölf standen. Die Zeit schien stehengeblieben zu sein. Draußen traten die Umrisse der Bucht langsam aus den grauen Nebelschwaden hervor, und durch die Fensterscheiben, auf denen die Regentropfen lange Streifen hinterlassen hatten, sah er den hufeisenförmigen Sandstrand, der sich um die bleiche immer noch aufgewühlte Wasserfläche der Bucht schloß. Es sah aus wie der Grund eines Kochtopfs mit den am Himmel dahinjagenden Wolken als umgedrehtem Deckel. Obwohl rundherum die kleinen Bäche an den Berghängen gluckten und unter der Erdoberfläche laut rauschten, hörte man noch den Wind und das Meer hinter den Bergrücken toben.

Der Wirt schlurfte über den Steinfußboden und öffnete die Türflügel, so daß naßkalte Luft in den Raum strömte. Dann verschwand er wieder hinter dem Schanktisch und versuchte das Feuer unter der Kaffeemaschine anzublasen.

Sonst hatte sich nichts verändert. Die Wanduhr zeigte immer noch halb zwölf, und erst jetzt wurde ihm zum erstenmal klar, daß das Uhrwerk stillstand, verstaubt und tot und schweigend. Die vier Gendarmen spielten ungestört in ihrer Ecke hinter dem eisernen Ofen. Als sie die Karten zu einem neuen Spiel zusammenlegten, wurde aus ihren einsilbigen Bemerkungen plötzlich ein lebhaftes Geplauder. Sie sprachen einen bäuerlichen Dialekt. Rauh und unverständlich für Außenstehende.

Der lange Gardist blieb an ihrem Tisch sitzen, ohne sich am Spiel zu beteiligen. Er wippte auf seinem Stuhl und blickte ausdauernd zu der Frau an der gegenüberliegenden Wand hinüber. Die las ungestört weiter in ihrem Buch, blätterte eine Seite um, und die Hand, mit der sie das Blatt umgedreht hatte, glitt an ihrem nackten Bein hinunter in den schwarzen Gummischaft des Stiefels. Sie beugte den Kopf ein wenig nach unten und kratzte sich am Hacken, langsam und unbewußt. Dann zog sie die Hand zurück und las weiter. Der lange Gardist folgte jeder ihrer Bewegungen mit den Augen.

Der Mann am Fenster beobachtete, wie die anderen Gäste im Saal nach und nach feststellten, daß der Regen aufgehört hatte. Der braun-weiße Hund hatte sich zu seinen Füßen ausgestreckt und den Kopf und den Hals auf den Fußboden gelegt. Hin und wieder machte er ein Auge auf und blickte nach oben, in der vergeblichen Hoffnung, Kontakt zu finden. Der Wirt räusperte sich und spuckte auf den Fußboden, dann drückte er einen der Handgriffe der primitiven Espressomaschine hinunter. Das geschah ganz langsam. Mit geschickten Bewegungen, die man ihm kaum zugetraut hätte, prüfte er den Druck. Der Dampf zischte schwach. Man hörte das Wasser blubbern. Die Frau blickte auf und durch das Fenster hinaus zum Hafenbecken, wo die Silhouetten der Fischerboote wie ein dünnes Netz gegen den milchigweißen Himmel im Hintergrund zu sehen waren. Dann klappte sie das Buch zu, stand auf und ging mit federnden Schritten durch die Wirtsstube. Sie nahm ihren Regenmantel vom Kleiderständer, legte ihn über den Arm und verschwand durch den rasselnden Vorhang der Tür. Der lange Gardist nippte an seinem Muskateller und schielte enttäuscht zu dem Platz hinüber, an dem sie eben noch gesessen hatte. Kurz darauf schob er seinen Stuhl zurück, warf eine Münze auf die Tischplatte und ging ebenfalls hinaus.

Die vier anderen packten ihre Karten zusammen und begannen mit ihren Karabinern zu klappern, die die ganze Zeit über an den Stuhllehnen gehangen hatten.

Cognac, dachte der Mann am Fenster. Ein ganz gewöhnlicher kleiner Gedanke, und doch der erste, den er nach vielen Stunden gedacht hatte. Er ging an den Schanktisch.

Der Wirt blickte feindselig auf den Hund, der unter dem Tisch liegengeblieben war, und machte eine fragende Bewegung. «Vuestro perro?» Der Mann schüttelte verneinend mit dem Kopf.

«No me gustan los perros», sagte der Wirt und ging um die Theke herum. Der Hund wartete den Fußtritt nicht ab. Er stand auf und tapste schnell durch die offene Tür hinaus. Wie immer lief er geduckt, und sein Bauch schleifte über den Fußboden.

Der Mann am Tresen zuckte mit den Schultern und schüttete den Cognac hinunter. Er spürte nichts außer einem schwachen Gefühl der Unzufriedenheit in seiner trockenen Kehle.

Dann trat er hinaus in den rauhen Wind und die regenschwere Luft und ging zum Kai hinüber. Die Hände hatte er tief in die Taschen der Ziegenfelljacke geschoben. Gleich an der Tür war der Hund wieder neben ihm und schlich ängstlich dicht hinter ihm her.

Einen Häuserblock vom Gasthof entfernt war man dabei, alte Bohlen als provisorische Stützen gegen die Wände eines Hauses zu setzen, das vom Regen unterspült worden war. Die Fassade hatte breite Risse, und große, lose Stücke vom Putz waren auf den nassen Erdboden gefallen. Vor dem Haus standen Überbleibsel der Einrichtung. Ein erbärmlicher kleiner Stapel menschlicher Habe: verschlissene Stühle, wackelige Tische, ein Stapel zerfledderter Bücher. Einer der Gardisten aus dem Wirtshaus wühlte mißtrauisch zwischen den Bänden. Zwei andere standen an ihre Dienstfahrräder gelehnt und beobachteten gelassen teilnahmsvoll die sinnlose Arbeit. Eine alte Frau ganz in Schwarz hielt zwei kleine Kinder fest gegen ihre Brust gedrückt, und in einem zerbrechlichen Schaukelstuhl saß schwerfällig eine junge, hochschwangere Frau in einem verwaschenen blauen Baumwollrock. Sie beobachtete die Gendarmen mit stumpfem, tierischem Widerwillen im Blick.

Der Mann stellte unwillkürlich fest, daß das Haus zusammenfallen würde, sobald es wieder zu regnen begann, und ging weiter, ohne seinen Schritt zu verlangsamen. Einige magere halbnackte Kinder planschten in den Pfützen herum, und an der Stelle, wo der Kai und die Häuser des Ortes aufhörten, traf er den langen Gardisten. Der stand regungslos da und hatte den einen Fuß auf einen der Steine, die hier den Strand befestigten, gesetzt. Sie begegneten sich wie zwei völlig fremde Männer, ohne ein Wort zu wechseln oder sich auch nur anzublicken.

Der Strand lag vor ihm, breit, leer, ein großes Halbrund. Der nasse gelbbraune Sand fühlte sich fest und elastisch an, und draußen an der Wasserkante zerbrachen dünne Muschelschalen unter dem festen Tritt seiner Profilsohlen. Ein Stück weiter weg saß die Frau aus dem Wirtshaus auf einem großen, runden Stein. Sie hatte das Kinn auf die Knie gestützt und die Arme um die hochgezogenen Beine geschlungen. Er sah ihre harten dunklen Augen unter dem flatternden Pony. Sie bewegte sich nicht, als er vorbeiging. Der Hund lief immer noch neben ihm her.

Sie hatten die Frau schon eine ganze Strecke hinter sich gelassen, als ihm bewußt wurde, daß er auf den braunen, gefleckten Rücken des Hundes starrte. Einen Moment überlegte er, daß ihm das Laufen Freude machte und daß es schön war, wenn jemand an seiner Seite war. Ein lebendiges Wesen, das sich im zugehörig fühlte.

«Eigenartig», sagte er laut vor sich hin.

Das war nicht seine Absicht, hier an einem einsamen Strand entlangzugehen und das einzige, was lebte und sich bewegte, war ein Dorfköter, häßlich, heruntergekommen und herrenlos. Als er sich umdrehte und mit dem Fuß nach dem Hund trat, sprang der zur Seite und setzte sich abwartend hin. Er beugte sich hinunter nach einem Stein und warf nach dem Tier. Nicht mit voller Wucht, aber der Stein traf oben am linken Vorderschenkel. Der Hund lief nicht weg, sondern hob die Pfote hoch und starrte ihn an.

«Komisch», murmelte er, drehte sich um und ging weiter. Absurd, trivial und unwichtig. Man warf nicht mit Steinen nach Hunden. Man verschwendete keinen Gedanken an Hunde. Man hatte keine Verwendung für Hunde. Es war besser, so weiterzumachen, wie er begonnen hatte. Überhaupt an gar nichts denken. Sich entspannen und Kräfte sammeln.

Er schritt vor sich hin, leicht und schnell. An vielen Stellen trat das Regenwasser von den Bergen als Rinnsal aus dem zusammengepreßten Sand und floß glucksend ins Meer. Er spürte die Feuchtigkeit in seinen Schuhen. Vor sich konnte er schon die nackten Steinklippen sehen, die Stelle, wo die steilen Bergwände zusammenliefen und der Strand immer schmaler wurde. Er atmete tief und ruhig durch, er hatte sich selbst in der Gewalt. Es machte ihm nichts aus, sich nach dem Hund umzudrehen.

Und dabei entdeckte er sie, eine kleine dunkle Silhouette, weit weg und doch ganz deutlich bei dieser eigenartigen Beleuchtung. Sie kam den Strand entlang näher, und er sah sie, und vielleicht folgte sie sogar seiner eigenen Fußspur. Da rüttelte es ihn plötzlich auf, unbändig und nicht faßbar, wie eine hohe Flutwelle.

Eine kleine Minute lang konnte er ganz ungehemmt hassen. Aber nur eine Minute lang, dann hatte er sich wieder in der Gewalt und spielte alle Gegenmaßnahmen durch. Er holte sein Manuskript aus dem Bankfach seiner visuellen Merkfähigkeit und machte da weiter, wo er unterbrochen worden war, mitten im Satz.

der Bedarf an tendenziöser, aber logisch nicht zu widerlegender Aufklärungsliteratur zur Judenfrage. Am naheliegendsten sind durchgesehene, leichtfaßliche Volksausgaben der Werke von Gobineau und Rosenberg, die als Standardwerke benutzt werden können, bis neue Kader von antisemitischen Theoretikern nachgewachsen sind.

§ 7

Obwohl beinahe sechs Millionen während der arischen Pionierzeit liquidiert wurden, konnte die Judenfrage vor dem Ende des Zweiten Weltkriegs leider nicht abschließend gelöst werden. In den meisten der genannten Länder ist immer noch eine Zunahme von Juden festzustellen. Ein Gradmesser für geistige und moralische Sauerei.

Formulierungen aus einem Haßgefühl heraus, dachte er, unbewußter Zynismus, Mangel an Selbstkontrolle. Konkret vorhandenes Maß an natürlichem Widerwillen. Und es war seine Aufgabe, den zu analysieren und andere Gesinnungsfreunde zu lehren, ihn allen Menschen bewußt zu machen. Sich nicht selbst vom Haß leiten lassen. Aber die Welle war jetzt verebbt, zurück blieben Schaumblasen an der Oberfläche, das Zittern in der Brust und der Bleigeschmack im Gaumen.

Wie ein Uhrenpendel von einem Extrem ins andere zu fallen ist spießig, dachte er, was man üblicherweise als normal bezeichnet ist demzufolge nicht leicht zu vermeiden.

Das Wesentliche war die Fähigkeit, neue Kräfte zu aktivieren.

Schon vor vielen Jahren hatte er sich die Kunst zu eigen gemacht, das Schwingen des Pendels anzuhalten.

Er ging jetzt schneller, und eher als er gedacht hatte, wurde der breite Sandstrand schmal und endete in einer steinigen Halde unter den steilen Klippen. Er kletterte auf den ersten Absatz hinauf und setzte sich auf einen porösen Lavaklumpen. Bequem war das nicht, der Stein war zerklüftet und unförmig gewunden, so als ob er im Krampf erkaltet war. Der Hund legte sich drei Meter von ihm weg auf den Boden, er hechelte und die Zunge hing ihm aus der Schnauze.

Von hier oben aus konnte er nur die äußerste Kante des Sandstrandes sehen, aber vor ihm und weit nach hinten ausgebreitet lag die Bucht mit der hellgrauen Wasserfläche, die jetzt kaum noch bewegt war. Ganz hinten links hinter dem braunen Bogen des Sandstrandes konnte er das Dorf erkennen. Von hier aus sah es aus wie eine unregelmäßige Reihe kleiner bunter Würfel, deren Farben ineinander übergingen. Auf der anderen Seite, hinter dem Wirrwarr der Masten der Fischerboote, breitete sich der halbfertige Kasernenkomplex mit langen Reihen leerer Fensteröffnungen aus. Dicht unter dem Horizont bildete die Mole in dem glitzernden Wasser eine lange graue Linie.

Dahinter lag der Dampfer. Wie ein zerbrechliches Traumbild, eine Fata Morgana in dem endlosen Feld zwischen Himmel und See, immer wieder von Regenböen oder Nebelschwaden halb verdeckt. Mit Konturen, die wie dünnes Netzwerk aussahen, so als ob sie mit einer Radiernadel auf eine milchige Glasscheibe gezeichnet worden waren. Wenn er sich sehr große Mühe gab, konnte er die Aufbauten zwischen den dünnen schrägen Masten und eine schmale, krumme Rauchsäule, die aus dem Schornstein kam, ausmachen. Das Schiff lag also da draußen unter Dampf, ebenso wie gestern und vorgestern, und es wartete darauf, ihn auf seiner langen, sinnlosen Reise zur nächsten Station zu bringen. Ihn und den langen Gardisten und die Frau mit den Gummistiefeln und dem weichen samtenen Rock. Es lag fertig zur Abfahrt, morgen, in einer Woche, in einem Monat. Oder vielleicht niemals, vielleicht lag es da nur an der langen Mole wie ein Sinnbild der Flucht aus der Wirklichkeit. Launisch und unerreichbar, abstrakt und theatralisch, mit dem Sturm hinter dem Bergrücken als donnernder Geräuschkulisse.

Der Hund knurrte leise und hob den Kopf. Gleich darauf hörte er das Knirschen ihrer Schritte auf den losen Steinen, als sie den Sandstrand verließ und unter die Klippen trat. Er wußte, daß sie da unten war, aber er sah sie erst, als sie genau unter ihm stand, ganz dicht an der Wasserkante. Sie setzte sich auf einen flachen Stein und zog mit einer unbewußten, natürlichen Geste den Rock über ihren Knien glatt. Danach saß sie unbeweglich da und blickte zur Mole hinüber. Die Konturen des Dampfers verwischten sich nach und nach in der leicht diesigen Luft. Der Hund hatte den Kopf auf die Pfoten gelegt und lag mit geschlossenen Augen regungslos da.

Kein Laut war zu hören. Nur die Wolken wurden dunkler,

zogen schnell über den Himmel und veränderten sich ständig, wie von einem Vulkanausbruch durcheinandergewirbelt.

Er hatte sich jetzt in der Gewalt. Er konnte sie jetzt fast so leidenschaftslos beobachten wie irgendein Insekt an der Wand. Er sah ihre schwarze Bluse, sah ihren gebeugten Rücken und stellte fest, daß ihre Taille schmal und zerbrechlich im Vergleich zu ihren kräftigen Hüften wirkte. Das Haar im Nacken war unregelmäßig geschnitten, so als ob sie es kurz getragen hatte und es jetzt wachsen sollte, sie aber noch nicht wußte, welche Frisur sie in Zukunft haben wollte. Sie wirkte sehr klein da unten, aber es gab Augenblicke, da schien es ihm so, als würde er ihre Gedanken ahnen, sie als unverständliche Botschaften auf einer neuen und unbekannten Wellenlänge empfangen. Bald würde er aufstehen und losgehen. So lautlos wie irgend möglich, und sie würde niemals erfahren, daß er da über ihr auf dem Felsen gesessen hatte. Ebenso wie er ihre Anwesenheit nicht entdeckt hätte, wenn er nicht ihre Schritte auf dem Schotter gehört hätte. Jedenfalls hätte es gut sein können, daß er sie gar nicht bemerkt hätte.

Da hörte er das Geräusch. Zuerst ganz schwach, und einmal brach es sekundenlang ab, doch bald regelmäßig und langsam anwachsend. Ein leichtes Knattern, wie Maschinengewehrfeuer, weit entfernt, oder ein kleines Motorboot auf dem Weg hinaus aus der Bucht. Aber die Wasseroberfläche war glatt und von keiner Welle bewegt, und bei den kleinen Booten oben am Strand war keine Menschenseele zu sehen. Nichts deutete darauf hin, daß die Frau unten an der Wasserkante das Geräusch wahrgenommen hatte. Sie saß regungslos mit hochgezogenen Knien und gebeugtem Rücken auf ihrem Stein. Ihr Blick war starr auf den Dampfer gerichtet.

Als er zehn Meter weit hinunter zum Absatz gegangen war, sah er, woher die Laute kamen. Es war ein Gardist mit weit auseinandergespreizten Beinen, wie ein zu großer Schuljunge auf einem Kinderfahrrad. Tief über die nickelblinkende Lenkstange des Motorrads gebeugt, kam er langsam auf dem festen Sand direkt an der Wasserkante näher. Obwohl der Abstand noch zu groß war, als daß er das Gesicht hätte erkennen können, wußte er doch im gleichen Moment, daß es der Lange sein mußte.

Mit den Händen tief in den Taschen blieb er abrupt stehen, und der Hund, der hinter ihm hergekommen war, ließ tief in der Kehle ein leises Knurren hören. Das Motorrad bewegte sich am Rand der Bucht entlang wie eine Fliege am Rand eines tiefen Tellers. Er spürte eine schwer zu bestimmende Spannung, die nichts mit dem Fahrzeug da unten zu tun hatte, in sich aufsteigen und zog sich schnell in den Schatten der Bergwand zurück. Den Hund berührte er dabei leicht mit dem Fuß, und das Knurren hörte sofort auf. Der lange Gardist war bei den Klippen und den runden Steinen angelangt. Er stellte den Motor ab, stieg ab und hob das Motorrad auf die Stütze. Dann bürstete er einen kleinen getrockneten Lehmfleck von dem schwarzen Stiefelschaft und rückte den Sturmriemen des Lackhelms zurecht. Das Gesicht mit dem schmalen Schnurrbart wirkte zufrieden und offen, vielleicht sogar ein wenig erwartungsvoll.

Auf der anderen Seite der Bucht senkten sich neue Regenböen auf die Wasserfläche. Die Konturen der Bergkette wurden schwächer und verschwanden schließlich.

Der lange Gardist ging langsam und unsicher an der Wasserkante entlang. Die Ledersohlen seiner Stiefel glitten auf den runden, glatten Steinen aus, und er mußte sehr vorsichtig auftreten, um nicht die Balance zu verlieren. Als er noch zehn Meter von der Frau entfernt war, drehte sie sich um und blickte ihn kurz und gleichgültig an. Dann sah sie wieder geradeaus auf die Bucht. Der Gardist nahm den Lackhelm ab und legte ihn neben sich auf den Boden. Er hakte die Messingschnalle des Koppels und den Schulterriemen auf und legte die Pistolentasche und die geflochtene Waffenschnur vorsichtig auf einen Stein. Alles lag ordentlich nebeneinander aufgereiht. Er setzte sich in die Hocke neben die Frau und sagte etwas zu ihr, doch als ihm klar wurde, daß sie ihn nicht verstand, schüttelte er den Kopf und lächelte. Er blickte sich suchend um und zog eine gelbrote Schnecke aus einer Spalte zwischen den Steinen heraus, hielt sie ihr hin, sagte nochmals einige Worte, langsam und übertrieben artikuliert. Sie wandte sich ihm kurz zu und sah ihn kalt und abschätzend an.

Der Mann mit dem Hund hatte sich schnell und lautlos bewegt und stand nun unten am Sandstrand, im Schatten unter einer vorspringenden Felsplatte. Er wußte wohl, daß er eigentlich gehen mußte, aber ihm war auch klar, daß er jetzt außerstande war, den Blick abzuwenden. Er sah, wie der lange Gardist eine sonnengebräunte Hand auf ihre Schulter legte und sie bald danach zum Hals hin bewegte, und er dachte: Nun paaren sie sich hier zwischen den Steinen wie zwei Tiere, und ich muß gehen, muß machen, daß ich zurückkomme, ehe es wieder anfängt zu regnen.

Die Frau fuhr zusammen, ganz plötzlich, so als ob ein elektrischer Schlag ihren Körper durchzuckt hätte. Dann drückte sie mit einer schnellen, kräftigen Bewegung seine Hand weg. Sie griff nach ihrem Regenmantel, erhob sich und trat einige Schritte zur Seite. Ihre Bewegungen verrieten eine verzweifelte Zielstrebigkeit. Der lange Gardist kam ebenfalls hoch und stand mit gesenktem Kopf ihr gegenüber. Seine langen Arme hingen seitlich herunter, gespannt, bereit zum Angriff mit den Handflächen nach vorn. Er trat zwei Schritte vor, und sie wich nicht zurück. Sie blieb einfach stehen, so als ob ihr schon lange klargeworden war, daß eine Flucht nicht möglich war. Er machte eine überraschende, schnelle Bewegung, um sie zu fassen zu bekommen, aber sie reagierte wie ein geübter Fechter und schlug ihm mit der Handkante gegen den Hals. Das war ein guter Abwehrschlag, erprobt und technisch genau richtig, aber sie hatte nicht genügend Kraft hineinlegen können. Er ergriff ihren rechten Arm, drehte ihn auf den Rücken und preßte sie an sich. Sie versuchte, ihn im Gesicht zu kratzen, aber er beugte den Kopf herunter, so daß sie nur an seinen Haaren reißen konnte. Ihrem Tritt kam er zuvor, indem er die linke Hüfte vorschob. Mit seiner freien Hand begann er, sie Stück für Stück auszuziehen. Ihr Körper, der die ganze Zeit über Widerstand geleistet hatte, hielt plötzlich still, und er hob siegessicher den Kopf, um sie anzusehen. Aber dazu kam er gar nicht. Sie kratzte mit klauenartig gespreizten Fingern in seine Augen, wie eine Katze, und er stieß ein kurzes Grunzen aus und schlug sie mit der Faust hart in die Nieren. Da ihr rechter Arm immer noch fest oben an ihren Rücken gedrückt wurde, schleuderte sie herum und blieb wie ein nasser Sack in seinem Griff hängen. Er stolperte, und es fehlte nicht viel, daß er sie im Fall unter sich begraben hätte.

Der Hund fing genau in dem Augenblick an zu bellen, als der Mann in der Ziegenfelljacke über die Steinhalde loslief. Der lange Gardist hatte die Frau losgelassen und sich umgedreht. In seinem olivbraunen Gesicht spiegelte sich nichts anderes als Verblüffung und Verwirrung. Die Frau lag auf dem Boden, sie stützte sich auf die Knie und die Ellbogen. Der Mann in der Ziegenfelljacke schlug mit der Faust in das Gesicht vor ihm, aber seit seiner Kinderzeit hatte er sich nicht mehr geschlagen, daher war sein Faustschlag schlapp und kraftlos. Aber er reichte aus, um dem langen Gardisten seinen erstaunten Schreck überwinden zu helfen und ihn aus seiner Stumpfheit zu wecken. Er verpaßte dem Angreifer einen Fußtritt, so daß dieser stolperte und hinfiel. Der Lange nahm sich die Zeit, auch noch nach dem Hund zu treten, bevor er sich nach seiner Pistole über den flachen Stein beugte. Das Tier flog wie ein braun-weißes Bündel laut heulend bis an die Wasserkante. Der Gardist fummelte an der Pistolentasche herum, doch bevor er Zeit fand, die Waffe zu entsichern, war die Frau auf den Beinen und klammerte sich an ihm fest. Sie drückte den Arm mit der Pistole nach unten und grub ihre Zähne tief in das schwarzbehaarte Handgelenk. Der Gardist hob die linke Hand, um nach ihr zu schlagen, aber jetzt stand der Mann in der Ziegenfelljacke wieder vor ihm. Mit einem scharfgezackten Stein, den er ihm mit aller Kraft mitten auf die Stirn schlug. Der lange Gardist fiel ausgestreckt hintenüber. Es gab einen dumpf klatschenden Laut, als sein Hinterkopf auf einem Stein an der Wasserkante aufschlug. Einem gewölbten Stein, der vom Wasser eine gleichmäßig runde Oberfläche erhalten hatte. Die Pistole fiel auf die Erde. Die Frau war im Fall mitgezogen worden. Als sie aufstand, waren ihre Hände blutig. Aus dem Mund des Mannes in der grünen Uniform kam ein schwaches, gurgelndes Röcheln, dann regte sich nichts mehr. Der braun-weiße Hund kam angelaufen und versuchte, ihn mit seinen altersschwachen Zähnen in die Kehle zu beißen. Als das nicht gelang, hob er den Kopf und begann laut zu jaulen.

Der Mann blieb mit herunterhängenden Armen und dem Stein in der Hand stehen und sah zu, wie die Frau sich die Arme abspülte. Dann stand sie auf, nahm mit automatischen Bewegungen ihre Unterwäsche auf, drückte sie an sich und ging dorthin, wo sie den Regenmantel verloren hatte. Den hob sie auf, zog ihn an und machte den Gürtel zu. Erst als ihm der Stein aus der Hand fiel, sah sie ihn ruhig und fragend an.

Der Hund stand immer noch über dem leblosen Mann. Er bellte pausenlos, wie in Hysterie oder grenzenlosem Triumph.

Ihm wurde bewußt, daß die Frau ihn immer noch anblickte und daß die Wirklichkeit nicht in dem Augenblick aufgehört hatte, als die grüne Uniform hintenüber zwischen die

Steine gefallen war. Daß der äußere Rahmen nicht verändert war, daß die Wolken immer dunkler wurden und daß weit draußen die Regenböen über das Meer fegten. Der lange Gardist bewegte sich nicht und war bereits auf dem Wege, ein abstrakter Gegenstand zu werden. Aber er selbst war immerhin noch da, und die Frau in dem Plastikmantel und den schwarzen Gummistiefeln und der Hund, der weiterbellte. Er blickte sie an und spürte intensiver als jemals vorher, daß beider Gedankengänge die gleichen waren, daß beide wußten, einer von ihnen war an der Reihe, etwas zu unternehmen. Aber auch daß sie jetzt aufeinander angewiesen waren.

Als er neben dem ausgestreckten Körper niederkniete, stellte er fest, daß die Augen nicht mehr ganz geschlossen waren und daß das Blut aufgehört hatte, aus der gezackten Wunde an der Stirn zu sickern. Um an das Zelluloidfutteral mit seinem Paß und den Schiffskarten heranzukommen, mußte er die Uniformjacke aufknöpfen. Aber der Hund war im Wege. Das Tier kam sofort zurück, wenn er es wegzujagen versuchte, und bellte unablässig mit vorgestrecktem Kopf. Sein Bellen war inzwischen heiser und spröde geworden. Die Frau stand jetzt hinter ihm, zog den Hund weg und hielt das zitternde Tier so lange fest, bis er die blanken Knöpfe aufgeknöpft und aus der Innentasche das Futteral gezogen hatte. Durch das abgeschabte, vergilbte Zelluloid sah er das unscharfe Amateurfoto einer lächelnden jungen Frau, die ein kleines Kind auf dem Arm trug. Er nahm den Paß und die Schiffskarten an sich, die zwischen dem abgestempelten und gefalteten Marschbefehl lagen. Als er das Futteral in die Brusttasche zurücksteckte, stellte er fest, daß das gelblichweiße, verwaschene Unterhemd des Gardisten vom Schweiß durchnäßt, die Haut unterhalb des Halses bleich und faltig war und der Mann nur wenige dicke, borstenartige Haare auf der Brust hatte. Die Frau ließ den Hund los, der sprang sofort vor und bellte wieder los. Sie nahm ihm den Paß und die Schiffskarten ab und steckte sie in die Außentasche ihres Regenmantels.

Als er sich aufgerichtet hatte, wurde ihm bewußt, daß sie ganz allein waren, er, die Frau und der Hund. Alles um sie herum kam ihm so vor wie eine große Luftblase unter dem Wasser. Das Gebell des Hundes hallte von den steilen Klippen zurück und hörte sich unter der Wölbung der Luftglocke unnatürlich laut an. Einen Moment lang vermißte er den langen Gardisten beinahe, denn er hatte trotz allem in gewisser Weise die Beschlüsse gefaßt und die Entscheidungen für sie alle getroffen. Wenn sie sich an seine Entscheidungen gehalten hätten, wären sie jetzt nicht ihrem eigenen Mangel an Entschlossenheit und Tatkraft ausgeliefert gewesen.

Die Frau sah sich unsicher um, und er folgte ihrem Blick von dem Hund zu der Pistole, die immer noch da lag, wo sie dem Gardisten aus der Hand gefallen war, eingekeilt zwischen zwei Steinen. Er nahm sie auf und wog sie in der Hand. Die Waffe war schwer und kalt und feucht.

Er war beinahe sicher, daß einige Handgriffe notwendig waren, damit er mit der Waffe schießen konnte, aber eben nur beinahe. Er hob die Pistole, bis der kurze mattschwarze Lauf auf den ausgestreckten Kopf des Hundes zeigte, und sah die Frau an. In ihrem Gesicht konnte er keine Spur einer Reaktion erkennen.

Er krümmte den Zeigefinger um den Abzug und war sich nicht sicher, ob diese Bewegung bewußt erfolgte oder ein mechanischer Reflex war. Aber es rührte sich nichts, und er blieb mit angespanntem Zeigefinger sitzen, bis sie sich zu ihm hinunterbeugte und ihm die Pistole aus der Hand nahm. Sie zog den Verschluß zurück, und obwohl der Hund weiterbellte, hörte er das Geräusch, als eine Patrone in den Lauf gedrückt wurde. Mit dem Daumen schob sie die Sicherung nach unten und gab ihm die Waffe. Es fiel ihm auf, daß ihre Finger lang und gepflegt waren und breite, kurzgeschnittene

Nägel hatten. Sie sah ihn unverwandt an, aber es war keine Forderung in ihrem Blick. Da legte er die Waffe vorsichtig zwischen die Steine und zerbrochenen Muschelschalen, und sie standen auf und gingen an der rauschenden Wasserkante entlang weg. Hinter sich hörten sie den Hund, schrill und verloren.

Er hob das Motorrad von der Stütze, trat auf den Starter und der Motor sprang gleich beim erstenmal an. Sie saß hinter ihm und hielt sich an den Seiten der Ziegenfelljacke fest. Es wurde jetzt schnell dunkel, und während er unsicher lenkte, fiel ihm ein, wie er den Langen an der Bucht entlangkommen gesehen hatte, wie eine Fliege auf dem Rand eines tiefen Tellers.

Sie hatten schon mehr als die Hälfte des Weges zurückgelegt und sahen die flackernden Lichter des Fischerdorfes, als der Regen ganz plötzlich und übergangslos über sie hereinbrach. So als ob ein Überdach unter dem Druck aufgestauten Wassers mit einemmal zusammenbricht. Alles um sie herum verschwand, und es kam ihm so vor, als ob der feste Sand plötzlich nachgab und unter den Rädern an zu fließen begann. Fünfzig Meter weiter rutschte ihm das Vorderrad weg, und er kippte in das seichte Wasser. Ein Bein klemmte unter dem Motorrad fest, und als sie ihm aufhalf, streifte der glatte Regenmantel sein Gesicht.

Sie kamen nur langsam voran, jeder Schritt war mühsam in dem lockeren, fließenden Sand, und als sie den Kai und die ersten Häuser erreicht hatten, ging sein Atem stoßweise. Er keuchte und mußte sich einen Augenblick verpusten. Sie ging langsamer, wie um auf ihn zu warten.

In dem sparsamen Licht der Straßenbeleuchtung konnte man die Häuser ausmachen, die am Kai entlang gebaut waren. Die schwach erleuchteten, einfachen Fenster waren undeutlich zu sehen, und am Erdboden davor blubberte das Wasser.

Das unterspülte Haus war zusammengebrochen, und an seiner Stelle befand sich jetzt ein unordentlicher Haufen aus Steinen, Balken und Verputz. Ein Stückchen weiter standen die Möbelstücke im strömenden Regen.

In der Gaststube im Erdgeschoß verbreitete eine Benzinlampe kaltes weißes Licht. Eine schwarzgekleidete alte Frau mit einem Schal mit langen Fransen saß in einem der Korbstühle am Kamin und schlief. Die Spielkarten der Gardisten lagen immer noch auf dem Tisch verstreut herum. Man hörte den Wirt, der hinter dem Vorhang zur Küche beschäftigt war.

Sie ging vor ihm her die Treppe hinauf und den Flur mit den drei altersschwachen Türen entlang. Ihm fiel ein, daß der lange Gardist den Schlüssel zu seinem Zimmer in die Hosentasche gesteckt hatte. Er ging hinter der Frau her, ohne weiter darüber nachzudenken, wie ein herrenloser Hund. Sie schloß ihre Tür auf. Das elektrische Licht funktionierte nicht, deshalb steckte sie die Stearinkerze auf dem Nachttisch an und blieb danach regungslos stehen. Sie blickten sich an und wußten, daß dies die Hoffnungslosigkeit war, grau und nackt, und daß ihnen nur das Warten blieb. Das Warten zweier einsamer Menschen.

Es vergingen einige Minuten, bis sie sich bewegte. Ohne den Regenmantel auszuziehen, nahm sie eine zusammengefaltete gelbe Bluse aus dem Lederkoffer und warf sie auf das Bett. Er stand wie festgenagelt auf dem Steinfußboden und beobachtete sie, während sie langsam und gleichgültig zwischen ihrer Unterwäsche suchte. Der Regen trommelte laut auf das Dach. Trotzdem glaubte er durch das gleichmäßige Geräusch ein langgezogenes Heulen von weit her zu hören, und sofort fiel ihm der Hund ein. Aber er merkte selbst, wie abwegig dieser Gedanke war, und schnitt eine ironische Grimasse.

Irgendwo im Erdgeschoß wurde eine Tür zugeschlagen,

und wenige Augenblicke später hörten sie schnelle Schritte auf der Treppe. Die Frau erstarrte und blieb gebeugt stehen, eine Hand im Koffer und den Kopf aufmerksam lauschend zur Seite gedreht. Jemand ging auf dem Gang von Tür zu Tür, klopfte laut und rüttelte an den Klinken. Plötzlich ging die Tür auf, und der Wirt stand mit zerschlissenen Hosenträgern, zerknittertem, blaugestreiftem Hemd und rot angelaufenem Gesicht auf der Schwelle.

«El barco, señor, el barco sale ahora!»

Er gestikulierte wild mit den Armen, und jetzt hörten auch sie von weit her durch das Trommeln des Regens ganz deutlich das klagende Geräusch der Schiffssirene. Der Dampfer! Und er würde ablegen, jetzt in diesem Augenblick, oder in zehn Minuten oder vielleicht erst in einer Viertelstunde. Der Wirt trieb sie zur Eile an, verschwand über den Flur, und sie hörten ihn die Treppe hinunterlaufen.

Da kam schnell Leben in die Frau. Sie schälte sich aus dem Regenmantel, zog den Unterrock aus und die gelbe Bluse an. Obwohl sie ihm den Rücken zuwandte, konnte er für einen Moment die Umrisse ihrer Brüste sehen. Sie nahm den Paß und die Schiffskarten aus der Tasche und ihren eigenen Paß vom Nachttisch, und als sie sah, daß er immer noch regungslos dastand, drückte sie ihm die Papiere in die Hand und machte eine hastige, auffordernde Handbewegung.

Plötzlich wurde ihm bewußt, daß er Angst hatte und daß er etwas tun mußte. Bevor er auf den Gang hinauslief, bekam er gerade noch mit, daß sie alle möglichen Sachen, die in ihrem Zimmer verstreut herumlagen, zusammenraffte und in den offenen Koffer warf. Er stützte die Schulter gegen seine Tür. Die gab nach, aber noch nicht genug. Da warf er sich verzweifelt dagegen. Das dünne Holz splitterte, und beim zweitenmal flog die Tür weit auf. Das Schloß hing noch an einer einzigen Schraube und baumelte hin und her. Ein primitives, klappriges Türschloß, das jedes Kind mit einer

Haarnadel hätte öffnen können. Er stopfte den Paß und die Schiffskarten in das Außenfach der Segeltuchtasche, raffte das Geld vom Tisch zusammen und lief stolpernd die Treppe hinunter. Die Petroleumlampe leuchtete immer noch kalt und weiß. Die alte Frau in dem Korbstuhl war aufgewacht.

Als er einen blauen Schein auf den Schanktisch legte, öffnete sie den Mund und sagte:

«El barco, señor, diez minutos.»

Der Vorhang an der Tür raschelte. Ein Gardist in dunkelgrünem Regenmantel kam von draußen herein, blickte den Mann in der Ziegenfelljacke einen Moment lang uninteressiert an und ging zum Tresen.

Als der Gardist in die Hände klatschte, um den Wirt zu rufen, verließ er den Raum und ging hinaus. Die Nacht schloß sich um ihn, schwarz und feucht.

Und er wartete.

6

Es regnete weiter, gleichmäßig und unablässig, die Nacht war schwarz, und rundherum hörte man nur Geräusche von Nässe und Feuchtigkeit. Das Klatschen der Tropfen, das Schmatzen der aufgeweichten Erde, die kleinen Wellen an den Bootsstegen und den Planken der Fischerboote.

Quer über den Hafen konnte man die Lichter des Dampfers sehen, manchmal klar und nahe bei, wenn die Regenböen aussetzten, aber bald wieder diffus und unsicher und weit weg wie ein lohnendes, aber unerreichbares Ziel.

‹Teniente Coronel José Baltazar García Ruiz›.

Er stellte sich jeden einzelnen Buchstaben dieses Namens vor und überlegte, daß der Dampfer zwar klein war, trotzdem aber so viel Tiefgang haben mußte, daß er weit draußen, wo die Ausbaggerung endete, beinahe ganz am Ende der Mole festmachen mußte. Jetzt hörte man wieder die Sirene, heiser und schrill durch die Regenvorhänge, und der Widerschein der grünen Steuerbordlampe bohrte sich durch die Dunkelheit. Doch dann strich eine neue Regenbö von der Bucht herüber, schräg von vorn peitschend, und wischte alles Licht weg. Er nahm den Koffer und hing sich die Segeltuchtasche über die Schulter, dann überlegte er, wie der Weg bei Tageslicht ausgesehen hatte. Als die Frau kam, konnte er sie nicht sehen, er merkte es erst, als sie seinen Arm streifte. Achthundert Meter geradeaus und dann vierhundert Meter nach rechts, es kam darauf an, erst an den niedrigen Häusern entlangzugehen, danach dem Weg an der Bergkante und schließlich dem an den Kasernenbauten vorbei zu folgen. Der Berg war die ganze Zeit lang links, das Wasser rechts, und der Wind fegte über sie hinweg. Aber der Steinbelag auf dem Kai war uneben, und hinter den halbfertigen Kasernen hörte er ganz auf. Es waren Bretter als Laufsteg ausgelegt, aber die waren an vielen Stellen im Schlamm versunken. Er mußte sich die ganze Zeit lang vorsichtig vorantasten und mit einem Fuß nach den Planken fühlen. Sein linker Arm wurde langsam lahm, und die geflochtene Schnur seiner Tasche begann sich in die Schulter einzuschneiden. Sie war dicht hinter ihm, wie ein Schatten. Hin und wieder merkte er, wie der Regenmantel kalt und unpersönlich seine nasse Hand streifte. Ob sie etwas sagte, wußte er nicht, hören konnte er bei diesem schneidenden Wind nichts. Nur einmal trat sie neben das Brett, ihr Fuß sank tief in den kalten, saugenden Schlamm, und da bildete er sich ein, einen Fluch zu hören. Sie hatten erst den halben Weg zwischen der Kaserne und dem Beginn der Mole geschafft, als der Dampfer wieder pfiff, dumpf und mahnend ganz weit rechts draußen, und zum erstenmal seit vielen Jahren spürte er wieder einen panikartigen Krampf in den dünnen Nervensträngen unter den Rippen. Plötzlich wußte er, daß sie es schaffen würden. Denn wenn der Dampfer noch einmal tutete, ehe sie die Mole erreicht hatten, würde er vom Kai ablegen, bevor sie dorthin kamen, und alles war verloren. Da machte er plötzlich zwei hastige Schritte und trat mit beiden Füßen über den Rand der Bretter. Er stolperte über einen Stein, der aus dem aufgeweichten Boden herausragte, und wäre beinahe über seine eigene Tasche gefallen. Er merkte, wie ihm der Schweiß ausbrach und eine kalte, klebrige Feuchtigkeit durch seine Kleidung drang, und den Schmerz, als eine harte, gezackte Steinkante die Vertiefung unter seiner Kniescheibe traf. Sie legte ihm eine Hand auf die Schulter, die war ruhig und fest, und er arbeitete sich schweigend auf die Beine, ohne den Metallgriff des Koffers loszulassen. Alle beide rangen sie nach Luft, standen einige Sekunden lang still. Während dieser Zeit hörten sie das Tuten des Dampfers deutlicher. Irgendwo weiter weg trieb der mächtige Sturm Brecher vor sich her und zerschlug sie an den flachen Klippen zu hohen Schaumbergen. Aber rund um sie herum war das monotone, alles übertönende Brausen des Regens. Sein unsicher suchender Fuß fand das Brett wieder, und sie gingen weiter. Die ganze Zeit lang spürte er die Panik in der Magengegend, warm und schwer und lebendig. Er hatte Angst, und mit dem Teil seines Bewußtseins, der noch in der Lage war, Beobachtungen anzustellen, machte er sich klar, daß dieses Gefühl wohl so sein mußte, wie er es jetzt spürte. Er merkte, daß die Finger seiner linken Hand gefühllos zu werden begannen, und er hatte Schmerzen im Knie und in der Schulter.

Wenn die Laufbretter nicht plötzlich aufgehört hätten, wären sie nicht darauf aufmerksam geworden, daß hier der Strandweg aufhörte und die Mole beginnen mußte. Die Planken reichten nicht ganz heran, oder sie waren im Schlamm versunken, denn er ging einige Schritte voraus, bis ihm klarwurde, daß sie an der richtigen Stelle waren. Dann wandte er sich nach rechts und fand die eisenbewehrte Betonkante. Er warf den Koffer und seine Tasche auf den Kai, legte seinen rechten Arm um sie und hob sie einen halben Meter hinauf auf den betonierten Wellenbrecher. Hier hatten sie jetzt eine ebene und feste Fläche unter den Füßen, aber die begann bereits holperig zu werden, und er dachte: Wie üblich, zuviel Sand im Zement. Ruckartig blieben sie stehen, denn sie waren direkt an die Außenkante gekommen und hörten das schwarze, glucksende Wasser unter sich.

Obwohl der Höhenunterschied nur drei Meter betrug, konnte man von der Kante aus den Wasserspiegel nicht sehen, und sie mußten sich dicht an dem Geländer halten, um die Orientierung nicht zu verlieren. Jetzt ging sie voran, und weit draußen konnte man wieder die Lichter des Dampfers sehen, wie einen flimmernden undeutlichen Glorienschein, flackernd und formlos hinter den verräterischen Schleiern der Regenböen. Mit der Zeit, als der Lichtschein langsam stärker wurde, zeichnete sich vor ihm ihre Silhouette gegen den Hintergrund ab. Sie lief mit gebeugtem Rücken und langen federnden Schritten. Als die Sirene zum letztenmal ertönte, waren sie so nahe herangekommen, daß sie den weißen Dampfstrahl in der Dunkelheit vor sich sehen konnten, und kurz danach hörte man das Stampfen der Maschine und den Pulsschlag des Lenzwassers.

Als sie in den Lichtschein traten, bimmelte die Schiffsglokke traurig und wie geborsten, und er fühlte, wie sich die Muskeln in seiner Magengrube zusammenzogen. ‹Teniente Coronel José Baltazar García Ruiz› sah aus der Nähe noch kleiner und verkommener aus. Er lag mit der Backbordseite an der Mole, das oberste Deck war in Höhe der Kaikante, und eine Gangway führte durch die offene Seitenluke hinunter auf das Zwischendeck. Darüber hing eine verdreckte Lampe, die das gleiche bleiche gelbe Licht verbreitete, das aus den Kajütenfenstern und den Bullaugen drang. Aus dem Schornstein, der hoch und schmal und leicht nach hinten geneigt war, kam eine mattschwarze Rauchsäule, die vom

Wind und vom Regen zur Seite geweht wurde. Aus den Niedergängen in der Mitte des Schiffs stiegen dünne helle Dampfwolken auf. Ein durchnäßter Matrose in ausgeblichener Bluse und verschossener Hose arbeitete an der Ankerwinde auf dem Achterdeck. Mit einem nackten, behaarten Fuß stieß er nach der Sperre, die sich offenbar verklemmt hatte.

An die Reling gelehnt, beinahe unsichtbar im Schatten der Brücke, stand in Höhe der Gangway ein junger Bursche in einer abgewetzten blauen Uniformjacke und mit einer Baskenmütze auf dem Kopf. Drei Meter weiter auf dem Kai stand mitten im Schein einer Lampe ein Gardist im dunkelgrünen Regenumhang. Seinen Karabiner hatte er mit dem Kolben nach oben unter den Umhang genommen. Der Lauf zeigte dicht an seinem rechten Bein auf den Betonboden. Neben ihm lag sein Dienstfahrrad, dessen Reifen und Speichen mit gelbem Schlamm bedeckt waren. Auch seine Stiefel waren bis zur Mitte des Schaftes mit Lehm beschmiert. Er hatte die Kapuze weit nach vorn über den Lackhelm gezogen und rauchte darunter vorsichtig, damit der Regen die Zigarette nicht auslöschte.

Sie stiegen über das Fahrrad, und die Gangway knarrte und schaukelte unter ihren Füßen. Der Gardist bewegte sich nicht, unter seinem Regenschutz rauchte er schweigend weiter. Der Bursche mit der Baskenmütze drehte sich um und rief irgend etwas mit einer tiefen und knurrenden Stimme. Es klang wie ein Befehl.

Nun waren sie endlich an Bord. Er stellte den Koffer hin und versuchte, die Finger zu strecken. Sie waren steif vom Tragen des Koffers, der ganze Arm war gefühllos und zu nichts zu gebrauchen. Sie stellte ihre rote Tasche oben auf den Koffer, nahm ihm die Segeltuchtasche ab und stellte das Gepäck sorgfältig gegen das Schott gelehnt hin. Ihr schwarzer Plastikmantel glänzte in dem flackernden Licht wie nasser

Asphalt. Zwischen der unteren Kante des Mantels und dem Rand der Gummistiefel sah er die Muskeln wie Streifen in ihren nassen Kniekehlen, und er merkte wieder, wie ein Funke in ihm entzündet wurde. Dann drehte sie sich um und blickte mit dunklen, kalten Augen an ihm vorbei zu dem Gendarmen auf der Kaimauer.

Der Gardist hatte seine Zigarette aufgeraucht, und die durchgeweichte Kippe schwamm bereits aufgelöst in einer Pfütze vor seinen Füßen. Er sah zu ihnen herüber, und jetzt schien seine Haltung wachsamer zu sein. Unter dem Regenumhang rückte er den Gewehrriemen zurecht und trat einen Schritt auf die Kaikante zu. Aber genau in diesem Augenblick wurde der Regen stärker, und die tanzenden Regentropfen sahen auf dem Zement wie eine kochende Wasserfläche aus. Der Gardist blieb stehen und zog die Kapuze über den blanken Schirm des Helms. Wenn der Dampfer jetzt, als der Regen am stärksten war, ablegte, hätte er wahrscheinlich nicht einmal das Gepäck kontrolliert. Das scharfe Klatschen ließ kein Gespräch zu, sie hörten nicht einmal mehr den Lärm der Maschine. Das Zischen des Dampfes wurde übertönt. Sie merkten nicht, daß der Bursche mit der Baskenmütze seinen Platz verlassen hatte, bis er mit ausgestreckter Hand vor ihnen stand und auffordernd «Pasaportes!» sagte.

Die Frau kniete sich hin und sah dabei sehr klein aus. Der Mann bewegte sich nicht. Aus der Seitentasche nahm sie die Pässe, und der Uniformierte fingerte gleichgültig an den Umschlägen herum. Dann legte er die Pappunterlage mit der Klammer und dem hektographierten Formular oben auf das Gepäck. Langsam und ungeschickt, mit klammen Fingern nahm er die Pässe und öffnete sie. Umständlich und lange suchte er in seinen Taschen, bis er einen Bleistiftstummel gefunden hatte. Er stützte den rechten Fuß auf den Koffer und legte sich die Pappunterlage mit dem Formular auf das Knie. Aber als er versuchte, die Unterlage mit dem Ellbogen festzuhalten, fiel ihm der Bleistift auf das Deck und rollte unter die Ruderkette. Er verlor kein Wort und schien nicht die Spur irritiert oder nervös darüber zu sein, sondern legte in aller Ruhe die Pappunterlage wieder auf das Gepäck und die Pässe obenauf. Daraufhin versuchte er mit den Fingern den Bleistift herauszufischen. Aber der hatte sich zwischen der Kette und dem Block festgeklemmt, ganz innen drin unter der Schutzkappe, und so weit reichten die Finger des Burschen nicht. Er begann in seinen Taschen zu suchen und zog ein großes Taschenmesser mit mehreren Klingen heraus. Lange überlegte er, welche am besten geeignet war, bis er eine aufklappte und damit unter der Steuerleitung herumstocherte, vorsichtig, um sie nicht abzubrechen.

Währenddessen standen sie immer noch an der Reling dicht neben der Gangway. Den peitschenden Regen, die Feuchtigkeit und die Kälte merkten sie kaum noch. Sie warteten geduldig. Darauf, daß andere Gardisten plötzlich in der Dunkelheit auftauchen würden. Oder darauf, daß die regungslose Person oben auf dem Kai sich mit einemmal bewegte.

Er überlegte: Bei jeder Flucht ist dies der kritischste Zeitpunkt, denn man kann nicht länger entscheiden oder handeln, sondern ist darauf angewiesen zu warten. Aber gerade darum muß man den Vorteil einer solchen Pause nutzen, um sich zu entspannen. Man hat die Initiative anderen überlassen und kann den Lauf der Dinge nicht mehr selbst bestimmen. Deshalb besteht kein Anlaß dazu, auf das, was um einen herum vorgeht, Einfluß zu nehmen. Während er so dachte, machte sich die Panik in seinem Körper breit wie eine große behaarte Kreuzspinne mit ihren lähmenden Zangen, sein Unterleib verkrampfte sich, und er mußte die Fäuste in den Taschen der Ziegenfelljacke ballen, um den Mann mit der Baskenmütze, der langweilig und nachlässig mit der Schneide seines Taschenmessers in dem Kettenblock stocherte, nicht anzuschreien.

Sie spekulierte: Gesetzt den Fall, das ist gar kein Mensch unter dem Regenumhang, daß sie nur eine Strohpuppe zur Abschreckung aufgestellt und der ein ungeladenes Gewehr umgehängt und über das Ganze einen Regenmantel gestülpt haben. Aber wie kann ich nur so einfältig sein, wo ich ihn doch rauchen sah und er sich bewegt hat. Alles ist nur mein Fehler, und es wäre besser gewesen, wenn ich mich dem dahinten auf den Steinen hingegeben hätte. Was hätte das schon ausgemacht, einer mehr oder weniger, obwohl das letzte Mal schon eine ganze Weile her ist. Es ist doch jedesmal das gleiche, ein bißchen Spaß macht es schon, ist auch ein bißchen spannend, aber doch meistens mechanisch und banal und uninteressant, und die Gedanken gehen dabei in weite Ferne. Wenn ich ihm jetzt eine ganz schmale Haarnadel gebe, kann er den Bleistift mühelos herausholen. Aber dann sieht es so aus, als ob wir es eilig hätten, haben wir ja auch, aber das würde ihn dann mißtrauisch machen. Sie können ja jeden Moment aus dem Nebel hervorkommen oder mit einem Boot quer übers Wasser, man kann sie nicht von weitem sehen, und plötzlich sind sie einfach da. Wenn jetzt eine Weizenähre zwischen seine Stiefel fällt, wissen wir, daß unter dem Regenumhang nur eine Garbe steckt. Dann ist alles genauso wie in einem schlechten Film. Aber wie kann ich denn hier einfach dastehen und herumphantasieren. Wenn ich jetzt bis zehn gezählt habe, und er hat den Bleistift immer noch nicht gefunden, dann platzt irgend etwas tief in mir drin, alles gibt nach, und das, was ich selbst bin, was erst vor kurzer Zeit erwacht ist oder vielleicht neu geboren wurde, rast herum wie ein verrückter kleiner Pavian in seinem Käfig, und dann wird es ganz genauso wie damals vor langer Zeit. Erst sagten sie, ich sei hysterisch, und später, daß die Krise überwunden und ich wieder gesund geworden sei. Aber die hätten wissen müssen, daß das nicht stimmte und der eigentliche Patient tot war. Was aufgesprungen ist, noch nicht wieder verheilt war, sondern verwelkt und vertrocknet. Nur das Gefängnis war noch da, und das sah genauso aus wie vordem, obwohl mehrere der Zellen jetzt leer standen. Aber auch wenn ich ihn nicht rauchen und sich bewegen gesehen hätte: eine Strohpuppe hätten sie nie so hinbauen können, daß sie bei dem Wetter so steht wie der da. Und der erste Psychiater, der erste, dem ich versuchte die Wahrheit zu sagen, die doch nur eine kleine Wahrheit war, und der hinunter auf die Bahre blickte und lächelte und sagte: Dann aber ein ungewöhnlich freundliches Gefängnis, wenn überhaupt. Der lächelte und lächelte, und als er mich mit dem Zeigefinger am Kinn berührte, biß ich ihm in die Hand. Er war jung und selbstbewußt und kam niemals wieder. Aber andere kamen, denen habe ich nichts mehr erzählt, denn sie alle waren andere Menschen in anderen entsprechenden Gefängnissen, und niemand kann jemals einen anderen ganz verstehen. Der Patient starb also, und dann haben sie gesagt, ich sei gesund und sollte lediglich einmal in eine andere Umgebung kommen. Wenn er den jetzt nicht bald findet ... eins, zwei, drei, vier, fünf, sechs, sieben, acht, neun, zehn, elf, zwölf, dreizehn, vierzehn, fünfzehn, sechzehn, siebzehn, achtzehn, neunzehn, zwanzig, einundzwanzig, zweiundzwanzig, dreiundzwanzig, und ich schreie immer noch nicht.

Sie riß sich vom Anblick des Gardisten auf dem Kai los und warf dem Mann neben sich einen kurzen Blick zu. Ihre Augen trafen sich einen winzigen Moment lang. Sie spürte etwas, das irgendwo tief unten versteckt lag, aber sie wußte noch nicht, was das sein konnte.

Der Mann mit der Baskenmütze hatte jetzt den Bleistiftstummel herausbekommen und hielt ihn vorsichtig zwischen Daumen und Zeigefinger fest. Der Stift war schwarz und unförmig und von schmutzigem Öl bedeckt. Er legte ihn neben das Gepäck, ganz dicht ans Schott, und davor sehr sorgfältig das noch offene Taschenmesser, das den Bleistift an seinem

Platz halten sollte. Dann ging er nach hinten und verschwand in dem Niedergang zum Maschinenraum. Der Regen hatte nicht nachgelassen, und nichts hatte sich verändert. Er kam mit einer Handvoll Putzwolle zurück, die wickelte er um die Finger, nahm den Bleistift, trocknete ihn sorgfältig ab und steckte ihn in die Brusttasche. Dann begann er, das Taschenmesser lange und gründlich zu säubern, klappte es zusammen, knöpfte den untersten Knopf seiner Jacke auf und steckte das Messer weg. Immer noch ohne Hast grub er den gelben Bleistift wieder hervor, probierte am Zeigefinger die Spitze aus, schnalzte mit der Zunge und hielt den Stift gegen das Licht. Er knöpfte die Jacke wieder auf, zog das Taschenmesser aus der Hosentasche, hielt dabei den Bleistift mit den Zähnen fest, suchte sich eine passende Schneide aus, öffnete das Messer und begann, den Bleistift anzuspitzen. Während er an der Spitze herumschnipselte, kam ein Bursche mit festen Schuhen und einer dunkelbraunen Uniformhose von der Brücke herunter. Mitten auf der Treppe beugte er sich herab, und man sah ein halbes Gesicht und eine Schirmmütze unter der Kante des Stahlträgers. Er sagte etwas Unverständliches, kurz und guttural. Der Mann mit der Baskenmütze ließ sich davon noch lange nicht aus der Ruhe bringen, langsam fing er an, das Messer an seinem Oberschenkel zusammenzuklappen, dann gab er die Anweisung nach achtern weiter. Danach steckte er das Taschenmesser ein, knöpfte seine Jacke zu, nahm den Bleistift wieder zwischen die Zähne und öffnete langsam und ungeschickt die Pässe. Er setzte den rechten Fuß auf den Koffer, legte die Pappunterlage mit der Klammer und dem Formular aufs Knie und hielt sie mit der Hand, in der er die Pässe hielt, fest, während er mit der anderen Hand den Bleistift aus dem Mund nahm. Dann stützte er das Handgelenk auf die Pappunterlage und setzte den Bleistift an der ersten Zeile an, hob die Pässe und strengte sich an, bei dem diffusen Licht die für ihn schwierigen Buchstaben zu deuten.

Sein Blick war völlig nichtssagend, als er begann, das Formular mit klammen und unsicheren Fingern auszufüllen. Er hatte die erste Zeile noch nicht einmal geschafft, als der Matrose, der auf dem Achterdeck an der Ankerspill gearbeitet hatte, auf nackten Füßen herangeschlurft kam, die Gangway einzog und damit anfing, die Luken zu schließen.

Der Wind kam von draußen. Aus der kühlen, unfreundlichen, naßkalten Nacht. Er wehte leicht durch die Spalte des Kippfensters, bewegte die hellen Tüllgardinen. Ein Nachtwind, der aus einer menschenleeren Einsamkeit kam, aus der Welt, die doch so überbevölkert war. Draußen vor dem Fenster standen die langen Reihen der Hochhäuser wie eine streng ausgerichtete Marschkolonne. Nur ganz wenige Fenster waren erleuchtet. Dahinter saßen sicherlich Menschen, die auch Angst vor der Dunkelheit hatten, die es im Finstern allein nicht aushalten konnten. Aber es war dunkle Nacht draußen, man konnte die zerzausten Spitzen der Kiefern und die niedrigen Felsstücke unterm Fenster nicht sehen. Wie so oft regnete es auch jetzt. Vereinzelte Straßenlaternen spiegelten ihr Licht in nassen, glitzernden Autodächern.

Sicherheit, Geborgenheit und Langeweile. Ein Leben lang. Was konnte es besseres auf dieser Welt geben?

Im Laufe der Jahre legte sich Lydia Roth eine Reihe fester Gewohnheiten zu. Sie pflegte zum Beispiel am späten Abend zu duschen. Danach betrachtete sie sich jedesmal lange im Spiegel. Das hatte nichts mit Koketterie zu tun. Es war eher eine Art Routine. Schließlich zog sie sich einen Schlafanzug und einen Morgenmantel an und blieb lange vor ihrem Frisiertisch sitzen. Mit langen, geschickten Fingern cremte sie sich das Gesicht sorgfältig ein. Wenn der Mann, den sie geheiratet hatte, vom Schlafzimmer aus nach ihr rief, hörte sie das gar nicht. Es war nicht erforderlich, daß sie so tat, als ob sie es nicht hörte, denn sie hatte sich häufiger so bewußt taub gestellt, daß sie bestimmte Geräusche und Töne tatsächlich nicht mehr hörte. Sie überlegte. Oder genauer gesagt, sie ließ sich eine Reihe von Gedanken, die sie sich immer schon einmal zurechtgelegt hatte, wieder durch den Kopf gehen.

Seit langer Zeit trug sie einige unklare, nebulöse Bilder mit sich herum, die alle etwas mit Gewaltanwendung oder unheimlichen Vorgängen zu tun hatten. Eine graugestreifte Katze, die von einem Auto überfahren auf der Fahrbahn lag. Ein toter Vogel, dessen ausgestreckte Flügel vom Blut verklebt waren. Ein Schatten an der Wand des Kinderzimmers.

Ein beschütztes Milieu. In einer ängstlichen Demokratie. Immer um Toleranz bemüht, zumindest in der Öffentlichkeit.

«Seid ihr auch nett und freundlich zu dem Judenmädchen, Kinder?»

Sie wollte sich nicht in das tägliche Einerlei fügen, und sie verhielt sich reserviert, achtete ganz bewußt auf den erforderlichen Abstand. Aber ihr war auch klar, daß ihre Kräfte nicht ausreichten. Sie dachte nach, kam aber zu keinem rechten Schluß. Es war kalt um sie herum, sie welkte und war machtlos dagegen. Tag für Tag hörte sie die Todesschreie der anderen undeutlich tief drinnen in dem spiralförmigen Labyrinth.

Sie wurde in die seelenlose Maschine hineingetrieben und in die Standardform gepreßt. Danach war sie ein Halbfabrikat und schwebte willenlos zwischen den Zahnrädern herum. Hinter den Mauern raste das Feuer.

Sie erinnerte sich an eine grüne Schreibmaschine und an blaue Aktenordner in einem offenen Regal. An einen Stapel hellroter Formulare mit gelochtem Randstreifen. Und an ihre eigenen Finger, schmale Finger, die ruhig auf der hellen Schreibtischplatte lagen, die aber nervös und rastlos hin und her fuhren, feucht wurden, wenn niemand hinsah.

Und alles um sie herum innerhalb der dicken Mauern, das sie nicht fassen konnte, großzügig und erschreckend, aber zugleich kraftvoll. Es türmte sich auf, bis sie sich im Kreise drehte, nicht mehr aus noch ein wußte und daran zerbrach, sich selbst aufgab.

Und danach dann dieser peinliche, lächerliche Vorfall, erniedrigend in seiner Banalität. Die jungen Männer in ihren weißen Kitteln, und sogar ihr Vater, der sich über ihr Bett beugte.

Gefühle sind ein Kapital, und du hast dein Kapital falsch angelegt.

Das war ihre einzige bleibende Erinnerung an ihn.

Später begann der lange Marsch durch die große Leere. Die rue Delambre, unaufgeräumte kleine, schmutzige Hotelzimmer, Schuhe mit Kreppsohlen und schwarze Rollkragenpullover, Weinflaschen auf dem Fußboden und Ölfarbe an den Händen. Sie lernte Männer kennen und schlief mit einigen von ihnen, es waren nicht viele, aber sie tat es häufig. Mit der Zeit wurde es ihr langweilig, und sie ließ es wieder bleiben. Dann waren da die Zionisten in der rue d'Odessa, die nächtelangen Saufereien in kleinen jüdischen Restaurants und auf dem Schiff nach Haifa. Aber die Leere konnte sie nicht überwinden, weder in den Wolkenkratzern von Tel Aviv noch in den Kibbuzzim oder den langen grauen Baracken. Alle wußten genau, wofür man sich zu opfern hatte, aber niemandem gelang es, einmal genau zu analysieren, wogegen man eigentlich kämpfte. Den meisten anderen reichte das, ihr jedoch nicht.

Sie erhielt die Erlaubnis, in Sfax an Land zu gehen, und als sie in Spanien eintraf, war es Sommer. Männer in grünen Uniformen saßen an Cafétischen und machten sich über die Touristen lustig. Priester hasteten vorbei, wandten das Gesicht angeekelt ab, sehnten sich nach dem Winter. Sie tauchte in dem Menschengewimmel unter. Hin und wieder ging sie hinaus zu den Klippen und badete. Sie schwamm weit hinaus und spürte, wie das klare, salzige Wasser ihre Lenden und Schenkel kühlte. Durch das gläserne Oval der Taucherbrille sah sie ganz tief unten rote Fische. Im September war sie immer noch da, und im Oktober war sie die einzige Fremde im Ort. Sie dachte immer wieder an Haifa und die Baracken und las viel, fand jedoch keine Antwort auf ihre Fragen. Manchmal glaubte sie, endlich zu wissen, wonach sie die ganzen Jahre hindurch gesucht hatte.

Im November wurde das Wetter schlecht, und sie beschloß, nach Afrika zu fahren.

Da ereignete sich ein Vorfall, und sie saß zehn Monate lang auf dem Festland im Gefängnis. Sie wurde korrekt behandelt und lernte, eine besondere Art von Körben mit schwierigen Mustern zu flechten.

Nachdem Lydia Roth sich ihr Gesicht eingecremt hatte, bürstete sie lange und sorgfältig ihr Haar. Dann stand sie auf, ging ins Schlafzimmer, zog den Morgenrock aus und legte sich in das Bett, das dem Fenster am nächsten stand. Der Mann an ihrer Seite bewegte sich im Halbschlaf, streckte seinen Arm aus und griff unter der Decke nach ihrer Hand. Kurze Zeit später hörte sie, daß er eingeschlafen war. Sie zog ihre Hand zurück und drehte sich im Bett um. Sie lag auf der Seite, hatte die Knie angezogen und die Hände unter den Kopf gesteckt. So starrte sie hinaus in die dunkle Nacht.

7

Die Ruderkette direkt vor ihren Füßen bewegte sich. Sie lehnten sich über die Reling. Die Schiffswände waren auch von außen lange nicht gestrichen worden und hatten große Rostflecken. Der Fender scheuerte jetzt nicht mehr an der Kaimauer. Der Regen ließ ein wenig nach. Der Abstand zwischen der Kaimauer und dem Schiff wurde größer, der Vordersteven bewegte sich langsam zur Seite. Der junge Mann mit der Baskenmütze blickte auf die Uhr und schrieb die Uhrzeit ganz unten auf das Formular. Seine Fingergelenke sahen steif und verkrampft aus, so als ob er lange Zeit ununterbrochen geschrieben hätte. Der Gardist hatte seinen Platz verlassen und stand jetzt an der äußersten Kante der Kaimauer, nur anderthalb Meter von ihnen entfernt. Ein Arm von grünem Uniformstoff bedeckt kam unter dem Regenumhang heraus und streckte sich langsam zum Schiff hin aus, um das Formular entgegenzunehmen. Das Ankerspill begann zu knirschen, und die Achtertrosse wurde gelöst. Das Deck vibrierte, als die Maschine die Umdrehungszahl änderte. Aber der Matrose auf dem Achterdeck schien nichts zu merken und paßte nicht auf, und die Spill drehte sich in die entgegengesetzte Richtung. Er schrie auf, als der Bremshebel gegen sein Schienbein schlug. Der Stahldraht spannte sich, zog den Achtersteven auf den Kai zu, und eine Sekunde später riß er und flog zischend durch die Luft, ehe er gegen die Bordwand klatschte. Der Mann in der Baskenmütze blickte uninteressiert über die Reling. Er streckte seine Hand aus so weit er konnte, um die Papiere hinzureichen. Aber der Abstand war bereits groß, und der Gardist mußte sich hinüberbeugen, um sie zu fassen zu kriegen. Seine Hände waren naß und kalt und ungeschickt. Er setzte den Daumen auf die Klammer, die ging auf, und das Formular rutschte hinaus. Es segelte in flachen Spiralen hinunter auf die Wasserfläche. Der Mann mit der Baskenmütze zuckte mit den Schultern und lehnte sich an die Reling. Der Gardist schob den Helm zurück, und jetzt sah man zum erstenmal sein Gesicht. Ein kleines, trauriges Bauerngesicht. Der Regen floß über die braunen Wangen, und er starrte betrübt hinunter in das Wasser. Das Blatt Papier war jetzt nur noch ein durchgeweichter grauer Fetzen, mit Flecken an den Stellen, an denen das Anilin des Schreibstifts langsam auseinanderfloß.

Sie hörten das Klingeln des Maschinentelegraphen und spürten wieder ein Vibrieren unter ihren Füßen. Die Ruderkette rasselte, als das Schiff hart nach Steuerbord wendete, um an den Bojen, die die Einfahrt markierten, vorbeizukommen. Der Gardist war in der Dunkelheit verschwunden, noch ehe die Schiffsaufbauten den Platz verdeckten, an dem er gestanden hatte. Die Lampe auf dem Kai war ausgeschaltet worden, und es war rundherum stockfinstere Nacht.

Er merkte, wie sie tief durchatmete und ihre Muskeln sich

unter dem Regenmantel entspannten. Sein eigener Körper reagierte ähnlich. Das Gefühl der Panik konnte er jetzt bewußt zurückdrängen und wieder klarer denken, so als ob er den großen, schützenden, leeren Raum erreicht hatte. Mit kalten Fingerspitzen streifte er feuchte Haut, und sie beugte sich locker vornüber, bis ihre rechte Brust in seiner offenen Hand lag, weich und schwer und geschmeidig. Als er vorsichtig über ihre Brustwarzen strich, stellte er fest, daß sie bereits fest und kegelförmig geworden waren und straff und elastisch wie nasses Leder.

Sie drehte sich ein wenig um, bewegte sich dabei kaum, aber ihre Hüften berührten sich. Ihre Unterarme lehnten schwer auf der Reling, und kalter Regen floß über ihr Gesicht. Sie überlegte, wann sie sich zum letztenmal so gefühlt hatte wie jetzt in diesem Moment. Das war sehr lange her gewesen, und sie mußte eine ganze Weile nachdenken, um sich daran zu erinnern. Mit den Knien hatte es begonnen und war langsam immer höher gestiegen, und sie hatte zuerst gar nicht gewußt, was da in ihr vorging. Aber diesmal wußte sie es, die Mattigkeit breitete sich in ihrem Unterleib aus wie lauwarmer Wein, sie fühlte sich kraftlos und war unschlüssig. Das Schiff schaukelte sachte in der langen Dünung, das Deck bewegte sich auf und ab, jedesmal wenn die Backbordseite sich senkte, verlagerte sich ihr Gewicht von den Hacken auf die Fußballen und ihre Brust füllte seine Hand, so als ob sie atmete und lebte.

Er spürte das genau, seine Vorbehalte schwanden zusehends und ein ganz neues Gefühl ihr gegenüber ergriff kraftvoll von ihm Besitz. Obwohl ihre Brustwarzen groß und hart zwischen seinen Fingerspitzen lagen und er das genoß, zog er seine Hand weg, streichelte ihren Rücken und den Hals unter dem kurzgeschnittenen Haar. Mit seinen Lippen berührte er eine nasse Locke und die harte Rundung des Ohres dahinter. So konnten sie noch eine ganze Weile dastehen, überlegte er, trotz des Regens. Mit einemmal hörte er schleppende Schritte hinter sich und drehte sich um. Ein Steward in frischgeplätteter weißer Jacke war gekommen, um ihr Gepäck zu holen. Es war ein alter Mann mit entzündeten Augen, schmalen weißen Lippen und eingefallenen Wangen. Er mußte kurz vorher gegessen haben, denn das Fett glänzte noch in seinen Mundwinkeln und auf dem Kinn zwischen den hellgrauen Bartstoppeln.

Der Steward fummelte gelangweilt und träge an den Gepäckstücken herum. Seine Füße waren die eines sehr alten Mannes mit dicken blauen Krampfadern an den Kanten der ausgefransten Filzpantoffeln. Seine Stimme klang rauh und heiser und krächzend, als er nach den Schiffskarten fragte.

Sie stützte sich auf das Knie, um die Karten aus dem Seitenfach ihrer Handtasche zu nehmen. Die gebeugte Linie ihres Rückens war gespannt. Sie wirkte immer noch klein, aber er sah sie jetzt mit ganz anderen Augen.

8

Im Salon roch es nach Zigarrenasche und alten speckigen Polstern. Die Deckenlampe, die durch ein Drahtgitter gesichert war, verbreitete ein diffuses gelbes Licht über die Plüschsofas und den bestickten Wandteppich, der als Vorhang vor dem Schott angebracht worden war. Der Steward hatte die Tasche und den Koffer abgesetzt und bewegte sich wie ein hochnäsiger Kustode durch den früher sicher einmal elegant gewesenen Raum. Langsam und umständlich schlurfte er von Bullauge zu Bullauge und drehte mit zittrigen Fingern die Flügelschrauben zu.

Sie waren an der Tür stehengeblieben, und er blickte sie an und sah, daß die schwarzen Haare ihr ins Gesicht hingen und an der nassen Stirn festklebten. Die Spannung nahm immer mehr zu, zitternd und beinahe schmerzhaft wie ein Krampf. Sie stand still neben ihm, ließ die Arme hängen, nur ihre Augen flackerten und blinzelten hin und wieder. Mit der Zungenspitze befeuchtete sie nervös und schnell die Lippen. Als der alte Mann zu dem letzten Bullauge hinlatschte, drehte sie sich zu ihm um, ohne die Füße zu bewegen. Sie tat das weich und rhythmisch wie eine Ballerina. Irritiert starrte sie den Alten mit ihren schwarzen Augen an. Das Bullauge war weiter offen gewesen als die übrigen, und der Steward drehte die Flügelschrauben langsam in ihrem trägen Gewinde. Die Frau war sich im klaren darüber, daß sie doch nichts ändern konnte. Alles in ihrem Körper vom Gürtel abwärts war schlapp und weich und sehr müde, aber dann doch auch irgendwie angespannt. Er sah sie jetzt im Profil, hart und scharf. Er mußte die Verkrampfung irgendwie lösen, deshalb zog er die Ziegenfelljacke aus und warf sie auf das Gepäck. Dann half er ihr aus dem Regenmantel. Sie starrte weiter auf den alten Mann und sagte kein Wort, knöpfte aber mechanisch ihre Bluse zu. Dann hatte der Steward das Bullauge endlich geschlossen und klopfte mit seinen gelben Fingerknöcheln umständlich dagegen. Er drehte sich um, und zum erstenmal war das faltige Greisengesicht nicht mehr ausdruckslos, sondern bekam einen lüsternen, begehrlichen Zug, und der zahnlose Mund begann zu schmatzen. Der Mann fand das ganz naturlich, denn durch den feuchten Stoff der Bluse konnte man die großen Brustwarzen sehen. Er machte eine steife, energische Kopfbewegung zur Tür hin, und die entzündeten Augen des Stewards erloschen wieder. Mit langsamen, schleppenden Schritten ging er zur Tür, die knirschte und quietschte in den Angeln und eine Staubwolke wehte in den Raum. Dann wurde sie zugeschlagen, und die beiden waren endlich allein.

Die Passivität, das Gefühl des endlosen Wartens und die einschläfernde Unwirklichkeit hingen wie eine Gaswolke im

Raum, und es dauerte eine ganze Weile, bis sie sich davon lösen konnten. Aber dann war er bei ihr, stand hinter ihr, legte die linke Hand unter ihr Kinn und beugte den Kopf nach hinten, bis er sein Schlüsselbein berührte. Er spürte eine klebrige Augenbraue an seinen Lippen, und sein Mund bewegte sich nach unten über das Nasenbein und die Nasenflügel. Aber ihr Mund war verschlossen, und er mußte sich anstrengen, um dieses Hindernis zu überwinden. Lange dauerte es nicht, dann fand er ihre Zungenspitze, die sich vorsichtig und tastend bewegte. Als er damit begann, die Knöpfe ihrer Bluse zu öffnen, drehte sie die Hüfte zur Seite und spürte ihn hart und angespannt durch den Stoff. Sie zog die Bluse über den Gürtel und knöpfte den untersten Knopf auf. Er strich zärtlich schnell über ihre nackten Brüste, die klein und weich waren, aber ungewöhnlich große und steife Warzen hatten. Ihren Mund hatte sie jetzt weit geöffnet, groß und warm. Mit der Hüfte rieb sie sich an ihm, und seine flache Hand war bereits ein ganzes Stück weiter unten auf ihrem Bauch. Aber sie mußte jetzt Luft holen, befreite sich von ihm und atmete tief durch. Dann zog er ihr die Bluse ganz aus und ließ sie fallen, sie blieb als ein kleiner gelber Fleck auf dem Fußboden zwischen ihnen liegen. In diesem Moment spürte er plötzlich einen Luftzug und einen kalten Regenschauer auf dem Rükken, drehte sich um und sah das Vogelscheuchengesicht des Stewards mit hängendem Unterkiefer und entblößtem hellviolettem Zahnfleisch in der Türöffnung. Mit der Faust schlug er die Tür wieder zu und merkte, wie ihm die Zornesröte schlagartig ins Gesicht gestiegen war. Das ist doch der blanke Wahnsinn, dachte er einen Augenblick lang. Aber als er feststellte, daß sie die Gummistiefel ausgezogen hatte, breitbeinig auf dem teppichbelegten Fußboden stand und mit geschickten Fingern den Reißverschluß ihres Samtrocks öffnete, kam er wieder ins Lot, wurde ruhiger und versuchte, die Tür von innen abzuschließen. In den Türrahmen waren zwei flache, enge Ösen eingeschraubt, und ein Haken baumelte an einer Kette. Aber seitdem der Raum zum letztenmal gestrichen worden war, hatte niemand den Haken benutzt, und als er versuchte, den mit der Faust durch die Öse zu schlagen, schob sich die oberste Schicht der hellgrünen Ölfarbe zu unregelmäßigen Falten zusammen und verstopfte die Öse. Ihm wurde wieder heiß und kalt, und er stellte voller Widerwillen fest, daß er schon so nervös war, daß er aus nebensächlichem Anlaß desperat zu werden begann. Es fehlte einfach ein geeignetes Werkzeug, denn mit der Hand oder mit der Faust auf den Haken zu schlagen war sinnlos. Plötzlich stand sie neben ihm und klopfte mit einem kleinen, harten Gegenstand den Haken in die Öse. Er konnte nicht sehen, was sie in der Hand hatte. Sie trug immer noch ihren Samtrock, aber als er sein Hemd ausgezogen hatte und sich umdrehte, stand sie nackt mitten im Raum unter der schwachen Lampe, und zum erstenmal sah sie völlig hilflos aus. Sie schien außerstande zu sein, den Körper aufrecht, den Kopf gerade und den Blick ruhig zu halten. Es sah aus, als ob sie sich vergeblich nach einem Bett umgesehen hätte, in das sie hineinkriechen und auf ihn warten konnte. Aber es gab in diesem Raum kein Bett, sondern nur das Plüschsofa, einen Tisch und drei Stühle, die auf dem Fußboden festgeschraubt waren. Dazu die ausgeblichenen Wandteppiche und am Schott entlang ein Geländer in Hufthohe, das wohl eine Art Halteseil für Passagiere der ersten Klasse darstellen sollte. Er zog die Hose aus und mußte schnell von einem Bein auf das andere treten, um die langen Schaukelbewegungen des Schiffes auszugleichen. Sie blickte ihn unverwandt an, ihre Lippen öffneten sich zu einem breiten, lustvollen Lächeln, wild und herrlich, und ihre Augen funkelten hinter den halbgeschlossenen Lidern. Sie standen jetzt dicht voreinander. Ein wenig unsicher war sie doch, aber dann hob sie die Hand und strich mit dem Handrücken über seine Wange. Eine vorsichtige, ungeschickt zärtliche Bewegung. Sie zuckte geniert zusammen und ließ die Hand langsam an seinem Körper hinuntergleiten. Eine alte, immer wieder als Entschuldigung benutzte Redensart fiel ihr ein: Die Sexualität ist stets leichter und ehrlicher, in jedem Fall unkomplizierter als die Liebe. Im nächsten Moment stimmte das jedoch nicht mehr, ihre Hand berührte ihn nicht mehr, denn er hob sie leicht und elegant hoch und legte sie auf dem langen Tisch auf den Rücken. Er überlegte immer noch ganz sachlich. Kurz zuvor hatte er prüfend festgestellt, daß das Plüschsofa zu schmal war. Nun war er über dem Tisch zusammengesunken, und sein Gesicht lag in ihrem Schoß. Er registrierte nüchtern seine Gefühle und war so ruhig wie schon lange nicht mehr. Für ihn war sie jetzt ein Duft in seinen Nasenflügeln und eine Fläche mit dichten, lokkigen Haaren, jedes für sich steif und hart, aber alle zusammen feucht und weich. Er hörte ein verkrampftes Schluchzen und wußte, woher das kam. Sie lag mit weitgeöffneten Augen auf dem Rücken und sah die Silhouetten der vertrockneten Fliegenskelette hinter dem Glas der Lampe. Plötzlich hatte sie es sehr eilig und griff hastig und unsicher mit zitternden Fingern nach seinem Kopf und preßte ihn an sich. Da hörte sie das Weinen und spürte Zuversicht und Sicherheit in sich wachsen, trotz all der Wildheit und dieser ungewöhnlichen Situation. Plötzlich wußte sie, daß es gar nicht so eilig war und daß es gar nicht so sehr um sie selbst ging und daß sie vorsichtig sein mußte. Es machte ihr Freude, vorsichtig zu sein, und sie löste ihren Griff um seinen Kopf, bis es nur noch eine sanfte Berührung mit den Fingerspitzen war und wiegte leicht ihre Hüften. Sie bewegte die Schenkel, so daß die Lippen sich öffneten, und er merkte, wie die kleine Fläche lockigen Haares bebte und zuckte. Der Höhepunkt war nahe, und die Lippen gaben eine lange zurückgehaltene Feuchtigkeit preis. Warm und weich und unbeschützt, nackt und unergründlich boten sie sich dar. Er schob eine Hand unter sie und hob sie ein wenig an, so daß er die Klitoris wie einen schwebenden Punkt vor seiner Zungenspitze hatte. So hielt er sie fest, bis ihre Schenkelmuskeln zu zucken begannen und ihre Finger an seiner Stirn steif wurden. Da ließ er los und legte sich auf dem Tisch auf sie, und sie kam ihm entgegen und spreizte die Beine ganz breit und erwartete ihn. Er glitt mit einem langen, weichen Stoß in sie hinein, nach und nach immer tiefer, sowie sie die Beine anzog und die Quelle tiefer wurde. Sie bebte, als er ganz in ihr war, und atmete stoßweise und röchelnd. Obwohl sie einen leichten Schmerz spürte, spreizte sie die Beine noch weiter, und er fing noch einmal von vorn an, so langsam und sanft, daß sie die Leere und den Verlust in sich fühlen konnte, bis er sie wieder ganz ausfüllte. Er legte seine Hände auf ihre Brüste und begann, den Unterleib rhythmisch zu heben und zu senken. Sie machte die ganze Zeitlang mit. Hin und wieder warf sie sich von einer Seite zur anderen, und beide versuchten, die rollenden Bewegungen des Schiffes auszugleichen. Ihre kurzen Fingernägel kratzten hastig und schnell auf und ab, von seinen Schenkeln bis zu seinem Nacken. Ihr Blick war bereits ausdruckslos in eine weite Ferne gerichtet, als sie beide zusammen vom Tisch rutschten und das Licht ausging.

‹Teniente Coronel José Baltazar García Ruiz› hatte die Bucht verlassen und war auf dem Weg um die Spitze herum, als der Bug backbords von der ersten Welle getroffen wurde, die die ganze Kraft des großen Binnenmeeres in sich trug. Der Vorderteil des Schiffes wurde nach oben gedrückt, und die Steuerbordseite schnitt tief ins Wasser. Lange bevor das Fahrzeug sich aufrichten konnte, kam die erste Quersee krachend über und begrub das Vorderschiff bis hin zur Brücke unter sich, während der Achtersteven aufwärts wippte und die Schraube sich in brüllendem Leerlauf drehte, bis es den Männern unter Deck gelang, die Maschine zu stoppen. Der Generator, der bei der ersten Krängung ausgefallen war, kam wieder auf Touren. Langsam folgte das Schiff wieder den Ruderbewegungen, bekam noch zwei heftige Schläge von der Seite, lief dann aber gegen die See an, und die Bewegungen gingen in ein zitterndes Stampfen über.

Gleich darauf ging auch das Licht wieder an. Er lag auf dem Rücken auf dem Fußboden, eingeklemmt hinter dem Sofa. Sie kam aus der Ecke, vornübergebeugt und wild um sich blickend mit kurzen Schritten auf sehnigen, schmalen Füßen. Sie ließ sich auf ihn fallen, und er stellte fest, wie vertraut und offen sie in der kurzen Zeit geworden war. Er selbst kapselte sich schon wieder ab, wollte seine Gefühle nicht preisgeben. Er blickte hinauf in ihr erhitztes Gesicht, das von zerzausten, glänzenden Haarlocken eingerahmt war. Sie saß auf allen vieren, hatte die Schenkel weit gespreizt und die Fußsohlen an seine Beine gepreßt. Pfeifend zog sie die Luft ein, stützte sich auf Knie und Handflächen und hob und senkte ihren Körper rhythmisch mit animalischer, primitiver Monotonie. Da wurde sie plötzlich mit ihrem ganzen Körper nach oben gerissen, schien hängenzubleiben wie auf einem Luftpolster, während er kräftig hinunter gegen das festgeschraubte Sofa gepreßt wurde. Das Licht flammte auf, wurde hart und grell.

Das ätzende Licht schien die Zeit stillstehen zu lassen. Er sah sie über sich, sah sie deutlicher und realistischer, als er sie je zuvor während ihrer kurzen Bekanntschaft gesehen hatte: ihr Gesicht, das noch keine Zeit gehabt hatte, sich von Besessenheit zu Verwunderung zu wandeln, ein schwerer, durchsichtiger Schweißtropfen zwischen ihren Brüsten und die schmalen dunklen Streifen vom Nabel abwärts direkt zu den breiten, zusammengepreßten Haarbüscheln ihres Schoßes und der vertrauten, breiten, unverkrampften Öffnung darunter. Dann war sie weg, und das Licht ging wieder aus. Durch den Lärm und das Dröhnen hörte er, wie ihr Körper schwer und klatschend gegen das Schott schlug.

Als der lähmende Schmerz in der Schulter nachließ, sprang er auf und sah sie an der Tür zwischen den Gepäckstücken liegen. Wie sie da auf allen vieren mit hängendem, baumelndem Kopf lag, glich sie einem Boxer, der zu Boden gegangen ist und auf das Zählen des Ringrichters wartet, ehe er wieder aufsteht. Sie hockte sich hin, die Hände auf dem Fußboden und die Knie weit geöffnet. Als das Schiff im ersten Stampfen stillstand, richtete sie sich auf und stellte sich dicht an das Schott. Mit einer Hand hielt sie sich am Geländer fest. Er sah sie und blickte sie an, nicht so klar und deutlich wie eben noch, aber doch noch sehr genau. Sie versuchte nicht mehr, seinem Blick auszuweichen, und der letzte Rest an Hemmungen und Vorbehalten schien jetzt zu schwinden. Sie hatte den Kopf zurückgebeugt, die Lippen geöffnet, und ihre ganze Haltung war nur noch Warten. Zum erstenmal in seinem ganzen Leben begriff er, daß er einem einzigen Menschen etwas zu geben hatte, und noch dazu einem, der es verstand entgegenzunehmen und bereit dazu war.

Dann war er bei ihr und preßte sie gegen das Schott. Als das Schiff sich tief zur Seite neigte, lag sie fast auf dem Rükken gegen die nach außen gewölbte Tür gelehnt. Die Beine hatte sie weit gespreizt und die Knie hochgezogen. Ihre Augen waren beinahe geschlossen. Er drang tief in sie ein, und sie konnte sich ihm völlig hingeben und lag rückhaltlos ausgeliefert unter ihm.

Das Geländer endete neben dem Türrahmen in runden, feuchten Messingknöpfen. An denen hielt er sich mit beiden Händen fest, und sie hing gegen die Tür geklemmt da und hatte die Schenkel über seine Arme gelegt.

Das Stampfen des Schiffes hörte auf, die schweren Seen arbeiteten sich unter dem Kiel hindurch, und die Schwerkraft ließ es hin und her schwanken. Da fiel sie vornüber, und er spürte, wie ihre Brüste sich flach gegen seine Brust preßten, alles in ihr sich entspannte und sie sich eng an ihn drückte. Sie veränderte sich in Bruchteilen von Sekunden, kleinen, unfaßbaren Bruchstücken der Zeit. Von enger, weicher und vertrauter Zärtlichkeit zu offenem, wildem, maßlosem Verlangen und schmerzendem Hunger.

Viele Male spürte er das erste herrliche Beben einer bevorstehenden Erfüllung und den überwältigenden Willen, sich total hinzugeben. Er kam in Hitze, spritzte krampfartig. Da schrie sie auf, heiser nach Luft schnappend mit weit offenem Mund dicht an seinem Ohr. Ihr Körper bewegte sich nicht mehr, jedenfalls nicht äußerlich, und auch als seine eigene Kraft langsam nachgelassen hatte, merkte er den Pulsschlag des Orgasmus rund um sein schlaff werdendes Glied.

Er stellte fest, daß die Eisenkrampe der Tür gegen ihre Hüfte scheuerte, und versuchte ihren Körper mit seiner Hand zu schützen. Mit der anderen hielt er sie ganz fest an sich gedrückt. Auf der Außenseite des Schotts trommelte der Schlagregen gegen das Metall. Der Türgriff drehte sich vorsichtig, irgend jemand versuchte, die Tür von außen zu öffnen. Vielleicht war es der Steward.

Alles, was mit seinem Heimatland zu tun hatte, war grau. Grauer Regen aus grauen Nebelschwaden auf graue Straßen und lange graue Marschkolonnen zwischen abblätternden grauen Hausfassaden. Er war noch sehr klein gewesen, als er zum erstenmal die Truppen vorbeiziehen sah. Damals stand er zwischen zwei Beinen, die wahrscheinlich einer Frau gehörten, die wahrscheinlich seine Mutter war. Lange Mäntel und spitze Bajonette und Pickelhauben. Die Soldaten gehörten Väterchen Zar und gingen hinaus ins Feld, um zu siegen. Aber das waren schlechte Soldaten gewesen, und danach kamen andere, Ukrainer und Polen und Deutsche und jüdische Weißgardisten und laut singende Bauern in weiten blauen Kitteln. Dann kamen die Litauer, und die Leute sagten, dies seien die einzigen richtigen Soldaten, denn das waren unsere eigenen, und die mar-

schierten oft vorbei. Es gab auch andere Dinge, das Kinderheim, die Schule und nationale Jugendverbände, die Universität und die Gründung von Kadern und Vorträge und heimliche Wehrübungen in den Wäldern. Die Kampfuniform und die Ehre an einem Haken im Schrank aufgehängt. Die Memel-Krise und die Schwäche und demokratisches Gezänk und Gelaber. Der Haß auf die Russen, die Juden und die Polen. Manchmal auf die Russen und manchmal auf die Polen, aber stets auf die Juden. Im Alter von achtundzwanzig Jahren sah er zum erstenmal Soldaten mit dem roten Stern an der Mütze. Kleine, dunkelhäutige Kosaken, die froren und sich auf den Ladeflächen der Lastwagen in dem grauen Nieselregen zusammendrängten. Kleine, übelgelaunte Männer in einem fremden, verzagten Land. Kleine Männer, die sich zusammendrängten, mit traurigen, verträumten Augen. Das asiatische Pack; und ein litauischer Offizier in einem offenen Motorboot nachts auf dem offenen Meer. Ein Offizier, der seinen Mantel eng um die Uniform gezogen hatte und vor sich hin murmelte: wenn wir nur gewußt hätten ...

Dann kamen einige Jahre Krieg, aber nicht für ihn. Die Räume der Redaktion in Königsberg. Sie druckten Flugblätter mit immer wiederkehrenden Phrasen. Um sie herum starben Menschen, die mitten in ihren besten Jahren waren, andere in tiefster Erniedrigung und jammervoll. Neue Redaktionsräume, neue Flugblätter, aber die gleichen alten Phrasen. Etwas Großes und Reines schaffen wollen, aber stets die Fehler und den theoretischen Leichtsinn vor sich sehen. Sich klarwerden über die Unsicherheit, und die Machtlosigkeit durch Grausamkeit und bombastische Floskeln überspielen. Dann das Ende mit dem Staub berstender Mauern auf den Packen mit den Flugblättern und dem Rattern der Druckpressen, begleitet vom Sirenengeheul. Aber für ihn war das keineswegs das Ende, nur einer der Rückschläge, ein Ansporn, nun erst recht weiterzumachen. Er erinnerte sich an ein Zimmer in Malmö, hoch über einem Platz, auf dem ein paar kahle Bäume standen. Ein Versteck, bis die Staubwolken sich verzogen hatten. Ein Versteck in einer langweiligen, schmutzigen Stadt, in einem satten, selbstzufriedenen, gleichgülti-

gen Land. Kleine Gruppen von Gesinnungsgenossen, die überlebt hatten und um die zerschlissenen Machtsymbole herumsaßen, tatenlos und sinnlos. Kleine Gruppen, hilflos und rückhaltlos, ohne Ziel und Zukunft. Neue Städte, neue Sprachen, neue Gruppen, neue Verstecke, neue Ausreden. Arbeit, Geschichtsanalyse, Theorie. Er war selten im Zweifel darüber, daß er schließlich der Welt ein Lebenswerk hinterlassen würde.

Viele Jahre später tötete er einen Mann. Wegen einer Frau. Das war das erste und einzige Mal, daß er Hand an einen Menschen legte. Er wurde in ein Haus mit dicken Steinwänden gesperrt. Von draußen hörte er den Lärm einer großen Stadt. Zu Anfang geschah es, daß Zivilgardisten mit olivenfarbigen Gesichtern in seine Zelle kamen und ihn mit dem Gewehrkolben schlugen. Sie brachen dabei sein Nasenbein und schlugen ihm die Vorderzähne aus. Manchmal traten sie ihm mit ihren Stiefeln in den Magen und zwischen die Beine. Er schrie vor Schmerz. Wenn sie gingen und ihn in Frieden ließen, freute er sich. Auch darüber, daß er das Weinen gelernt hatte. Mit der Zeit hatten sie keinen Spaß mehr daran und kamen nicht mehr wieder. Aber sie vergaßen niemals, was er getan hatte.

Fünf Monate später wurde er in einem weißgekalkten Raum ohne Fenster einem Gericht vorgeführt und zum Tode verurteilt. Eine Woche später holten ihn die Wärter ab. Er glaubte, daß er nun hingerichtet werden würde, aber der Offizier hinter dem Schreibtisch blickte von den Papieren mit den vielen Stempeln auf und an ihm vorbei und sagte tonlos: «Sie sind frei. Unterschreiben Sie, daß Sie Ihr Eigentum zurückerhalten haben.» Er bekam seinen Paß und die Ziegenfelljacke und sein Manuskript und die Mappe und seine Schreibmaschine und ging hinaus in den Sonnenschein. Zum erstenmal in seinem Leben wußte er nicht, was er tun sollte.

Unten an der Treppe hielt ein sehr altes amerikanisches Auto. Ein Offizier in grüner Uniform lehnte am Kühler. Zwei andere saßen auf dem Rücksitz. Der Offizier öffnete die vordere Tür und sagte: «Un formalidad.» Er stieg ein, und sie fuhren aus der Stadt heraus, einen schmalen, kurvenreichen Weg hinauf, vorbei an lang-

samen Eselskarren. Das Meer lag tief unter ihnen. An der Stelle, wo der Weg endete, hielten sie an. Dort befand sich ein Wendeplatz direkt über den steilen Klippen. Der Offizier, der den Wagen gefahren hatte, führte ihn an die Steinbrüstung und ging dann zu den beiden anderen zurück. Drei Männer in einer Reihe in der strahlenden Sonne neben dem Auto. Ihre Augen waren ernst hinter einer Maske der Gleichgültigkeit. Als sie die Pistolentaschen aufknöpften und die Waffen herauszogen, sah er ihre menschlichen Gesichter.

Er hieß Tadeusz Beck. War 1912 in Kaunas in Litauen geboren worden und verschwand 1955 in Spanien.

9

Es hatte aufgehört zu regnen, und der Wind wurde schwächer, aber die Wellen waren immer noch sehr hoch. Der kleine Dampfer hatte die See von Backbord, und noch konnte man nicht spüren, daß das Schaukeln abnahm. Vor ihm türmten sich die Wellen wie eine Alpenlandschaft aus flüssigem Flaschenglas, und wie tief sich auch der Rudergänger beugte, er konnte den Himmel nicht sehen. Das Wasser hatte eine graugrüne Farbe, und dichte Schaumfetzen wirbelten durch die Luft. Das alles dauerte beinahe schon einen Tag lang, zwölf zitternde, stöhnende, fauchende Stunden, doppelt so lange, wie das Touristenplakat in dem Büro der Dampfschiffahrtsgesellschaft vorgegaukelt hatte.

Sie standen dicht aneinandergelehnt an der Reling draußen vor dem Salon und sahen auf das graugrüne Meer unter der niedrigen Wolkendecke. Manchmal schäumte das Wasser dicht vor ihren Füßen und war im nächsten Augenblick wieder ganz tief unter ihnen. So hatten sie lange dagestanden, als der Steward herankam und ihnen etwas zu sagen versuchte. Durch den Lärm konnte er sich aber nicht verständlich machen, und deshalb gab er ihnen ein Zeichen, ihm zu folgen.

Er öffnete seinen zahnlosen Altmännermund und zeigte mit einem schmutzigen, gekrümmten Zeigefinger hinein. Aus dem Maschinenraum kam ein Schwall heißer Luft, die nach schwerem Öl roch. In der Abflußrinne davor saß ein halbnackter, ausgemergelter Heizer, dessen Nacken schwarz vom Ruß war. Die Haare auf seiner Brust waren verbrannt. Sein Kopf baumelte hin und her, und die Finger der rechten Hand hatte er dicht unter dem Ellbogen fest um den linken Arm geschlossen. Beim zweiten Hinsehen stellte sie fest, daß die Innenseite seines Unterarms mit großen, nässenden Brandblasen bedeckt war.

Auf dem Zwischendeck lagen zwei junge Soldaten in der grünen Uniform der Marine-Infanterie und rollten bei jeder Bewegung des Schiffes willenlos hin und her. Einer von ihnen erbrach sich apathisch auf die Decksplanken. Hinter einer provisorischen Absperrung gleich daneben drängte sich ein Dutzend schwarzer Schweine, denen man die Vorder- und Hinterbeine zusammengebunden hatte. Jedesmal wenn das Schiff sich auf die Seite neigte, verloren sie das Gleichgewicht und purzelten laut quietschend und schreiend durcheinander.

Der Speisesalon lag tief unter dem Deck. Dort roch es scharf nach Torffeuer und altem, gebratenem Käse. An einem der festgeschraubten, braungebeizten Tische saß der junge Steuermann. Er beugte sich tief über eine Portion Reis mit rotbrauner Blutwurst. Die Baskenmütze lag neben dem Teller. Als er einmal kurz aufblickte, sahen sie, daß seine Augen rot gerändert waren.

Gleich nachdem der Steward ihnen die Portionen auf den Tisch gestellt hatte, begann sie zu würgen. Sie hatte lange Zeit nichts gegessen. Draußen auf der primitiven und schmutzigen Toilette erbrach sie wenig, mußte aber viele Male krampfartig aufstoßen. Als die Anfälle vorbei waren, spülte sie sich den Schweiß aus dem Gesicht. Das kalte Salzwasser aus einem Blecheimer, der auf dem Fußboden stand, tat ihr wohl. Danach sah sie sich ihr eigenes Gesicht in dem braunfleckigen Spiegel an. Es war nackt und bleich, und sie zuckte unwirsch mit den Schultern.

Als sie zurückkam, war der Speisesalon leer. Einer der Teller war aus der Mulde auf dem Tisch herausgerutscht und lag umgekehrt auf dem Teppich.

Plötzlich bekam sie Angst. Sie hörte hinter der Bordwand das Wasser rauschen und brausen, und um sie herum waren tausend unbekannte, unheimliche Geräusche. Es stank penetrant, die Luft war heiß und dicht, und das Atmen fiel ihr schwer. Das Schiff neigte sich zur Seite, und sie wurde gegen das Schott geworfen. Das war kochend heiß, so als ob dahinter ein Feuer raste. Es kam ihr vor, als ob sie lebendig begraben sei, ersticken mußte, irgendwo in einer engen Kammer eingeschlossen war. Einem Raum in dieser gräßlichen Blechdose, die vielleicht gerade in diesem Augenblick vom Meer verschlungen wurde. Mit klopfendem Herzen stand sie auf und versuchte den schmalen Gang entlangzulaufen, aber das Rollen des Schiffes warf sie zwischen den heißen Schotten hin und her. Als sie schließlich doch das Zwischendeck erreicht hatte, stolperte sie über einen der dort ausgestreckt liegenden Soldaten und fiel mit der Hand mitten in das Erbrochene. Stöhnend und pustend schleppte sie sich die Leiter hinauf und gelangte auf das Deck unter der Brücke.

Er stand bereits da oben, und sie klammerte sich an ihn und verbarg ihr Gesicht in der Ziegenfelljacke. Ganz selbstverständlich legte er den Arm um ihren zitternden Körper und hielt sie ganz fest. Er hörte, daß sie tief drinnen in dem nassen Ziegenfell wie ein kleines Kind weinte.

Eine Weile später löste sie sich ein wenig und blickte ihn mit klaren dunkelbraunen Augen an.

Das Rollen und Stampfen des Schiffes hatte abgenommen, und als sie seinem Blick folgte, merkte sie, daß eine Küstenlinie vor ihnen aus dem Dunst auftauchte, eine graugelbe Küste, abweisend und leblos und in der Farbe der Urzeit. Die steilen Felswände sahen so aus, als ob sie oben eine Reihe geklöppelter Spitzen und unten einen Rand aus glitzerndem Schaum hatten.

Der Dampfer fuhr direkt auf die Küste und die Brandung zu. Der Seegang wurde ruhiger, je weiter sie unter Land kamen.

Die Durchfahrt zwischen den Klippen war so schmal und so gut versteckt, daß man sie erst sehen konnte, als der Kapitän den Maschinentelegraphen auf halbe Kraft voraus setzte und das Stampfen der Maschine langsamer wurde. Als das Schiff in die schmale, gewundene Durchfahrt hineinglitt, sah man die ersten Zeichen menschlichen Lebens. Hoch oben auf der Klippe lag eine verfallene kleine graue Hütte mit einer roten und gelben Flagge auf einem niedrigen Turm aus Steinen. Vor dem Haus stand ein Mann mit einer Schirmmütze und schwang eine Stange, an der eine weiße Fahne befestigt war. Einige hundert Meter weiter, auf der nächsten Bergkuppe, sahen sie einen Zivilgardisten, der sich unbeweglich wie eine Statue schwer auf seinen Karabiner stützte.

Er merkte, wie die innere Anspannung wieder begann Besitz von ihm zu ergreifen. Als das langgezogene Tuten des Dampfers zwischen den Bergwänden hin und her schwang, hätte er sich beinahe mit beiden Händen die Ohren zugehalten. Die Frau an seiner Seite schien wieder ruhig und gefaßt zu sein. Sie hatte einen Kamm aus der Tasche genommen und zog ihn nun langsam und systematisch durch ihr schwarzes Haar.

Kurz darauf verbreiterte sich die Einfahrt, und die kleine Stadt lag vor ihnen. Sie zog sich an den Bergwänden hoch, unregelmäßig mit vielen weißen und grauen Dächern, die von der Kathedrale überragt wurden. Wie eine Henne über ihren Küken lag die Kathedrale über den zusammengedrängten Häusern. Am Kai lag eine Reihe schmutziggelber

Fischerboote mit aufgerollten Netzen. Dahinter konnte man eine Gruppe von Menschen sehen, die dort standen und warteten.

Sie hörten zum letztenmal den Maschinentelegraphen läuten, und das Stampfen der Maschine unter ihren Füßen brach ab. Jetzt war nur noch der zischende Laut des Reservekessels zu vernehmen. Während die Besatzung und einige Männer aus der Stadt, die in einem Ruderboot saßen, das Schiff langsam und mit gekonnten, sicheren Handgriffen an den Kai bugsierten, lehnten sie sich über die Reling und beobachteten die kleine Gruppe von Menschen, die dort auf dem Kai stand.

Der Kaiplatz war durch ein Seil abgesperrt, und innerhalb der Absperrung stand ein langer grauer, abgenutzter Markttisch auf zwei Böcken. Einige Meter weiter rekelten sich sechs Zivilgardisten in ihren grünen Uniformen. Sie rauchten und unterhielten sich. In der feuchten Luft waren ihre Lackhelme matt vom Tau geworden. Ihre Fahrräder standen aneinandergelehnt hinter dem Tisch.

‹Teniente Coronel José Baltazar García Ruiz› lag endlich vertäut an der Mauer. Noch zitterte er wie ermattet nach der langen, anstrengenden Reise.

Sie gingen die Gangway hinunter, und er hatte wieder die Segeltuchtasche mit der geflochtenen Schnur über der Schulter und die Finger um den Metallgriff des Koffers gekrümmt. Am Kai stand der alte Steward mit ausgestreckter offener Hand. Seine Augen hatten schmutzige Ränder und waren grau vom Star.

Bis zum Tisch waren es nur wenige Schritte. Sie standen davor, aber die Gardisten ließen sich nicht stören, sie waren in ihr Gespräch vertieft. Es dauerte einige Minuten, bis einer sich aus der Gruppe löste und zu der Tischplatte auf den Bökken kam.

Der Gardist blätterte lange und uninteressiert in ihren Pässen, wie ein Analphabet, der so tut, als ob er einen Brief liest.

Dann durchsuchte er ihre Gepäckstücke flüchtig nach Waffen. Als er damit fertig war, nahm er ein Stück Kreide aus der Tasche und versuchte damit einen Strich auf den Koffer zu machen. Aber die Kreide hielt nicht auf dem feuchten Leder, da zuckte er nur mit den Schultern und ging zurück zu seinen Kameraden. Die ganze Zeitlang hatte er eine flachgedrückte gelbbraune Zigarette im Mundwinkel behalten. Soweit sie feststellen konnten, hatte er sie nicht einmal richtig angesehen.

Sie nahmen das Gepäck auf und traten durch die Öffnung in der Absperrung. Dahinter kam der eifrigste und zudringlichste der jungen Männer schnell auf sie zu und nahm ihm den Koffer ab. Es war ein langer, bleicher Bursche, der so aussah, als ob er unter der Last des Gepäcks zusammenbrechen würde. Aber sie wußten ja, daß der Koffer gar nicht so schwer war.

«La fonda?» fragte der Träger und nickte zur Stadt hinauf.

Oben bei der steilen Treppe merkte der Mann, daß die Frau ihnen nicht gefolgt war. Sie stand ein Stück weiter unten am Hang und blickte in einen verrosteten Blechkasten mit einem Aushang. Er lief zurück und sah einen Fahrplan hinter dem Drahtgitter und darüber ein ausgeblichenes Farbbild eines schwarzen Dampfers mit einer roten, weißen und blauen Flagge am Heck.

«Sale para Africa, este buque», sagte der Träger.

«Cuando?»

«Mañana por la mañana. A las once. Si hay agua suficiente en el puerto.»

Der Bursche lächelte säuerlich, nahm den Koffer wieder auf und begann die Treppe hinaufzugehen. Sie kamen langsam hinter ihm her.

Es war ein Schiff nach Afrika, das am nächsten Tag um elf Uhr abgehen sollte, vorausgesetzt, es war genügend Wasser im Hafen. Jetzt verstanden sie, was es mit der weißen Flagge draußen auf der Klippe auf sich hatte.

Das Hotel lag im oberen Teil der Stadt, jenseits des Platzes und der Kathedrale, in einer steilen Gasse voller Schlaglöcher. Es war ein ärmliches, schmuddeliges Hotel in einem schmalen, eingeklemmten Haus. Im Erdgeschoß befand sich ein düsteres Restaurant und darüber auf jeder Etage nur ein Zimmer.

Sie mieteten alle beide und gingen zusammen in das unterste. Der Raum war schmal und lang, hatte einen blankgescheuerten Steinfußboden und weißgekalkte Wände. Ganz am Ende befand sich das Bett, und am Fenster standen ein wackeliger Stuhl und eine Blechschüssel in einem verrosteten Eisenständer. An der einen langen Wand hing ein vergoldetes Kruzifix. Obwohl das Fenster und die hölzernen Fensterladen geschlossen waren, war die Luft im Zimmer feucht und kühl.

Als sie die Kleider ausgezogen hatten, legte sie sich auf dem Bett auf den Rücken und starrte an die Decke. Er öffnete das Fenster und schob die grüngestrichenen Laden beiseite. Draußen war die Gasse still und grau und menschenleer.

Beide waren sich klar darüber, daß sie müde waren, die Müdigkeit aber irgendwie überwinden mußten. Und daß ihre Stimmung sich geändert hatte. Der schwarze Dampfer war nicht mehr nur das Traumbild einer schwachen Hoffnung, sondern bot eine reale Chance, die in greifbare Nähe gerückt war. Er sollte um elf Uhr am nächsten Vormittag durch die schmale Einfahrt hinausgleiten, und dann mußten sie an Bord sein.

Sie stützte sich auf die Ellbogen, zog die Segeltuchtasche zu sich heran, nahm die Pässe heraus und begann darin herumzublättern. Als er sich neben sie setzte, sah er, daß ihr Ausreisevisum bereits hineingestempelt war. Er blickte auch auf die leere Seite in seinem eigenen Paß und schüttelte den Kopf. Sie lächelte und steckte den Paß mit einer schnellen Bewegung in die Tasche zurück. Dann setzte sie sich auf und küßte ihn leicht und vorsichtig auf die Wange. Er fühlte sich müde und apathisch und glaubte, keinen klaren Gedanken mehr fassen zu können, aber ihre Aktivität und Zielstrebigkeit steckte ihn an. Außerdem konnte er jetzt nicht allein sein. Bevor sie losgingen, ordnete sie langsam und sorgfältig ihre Kleidung und massierte mit den Zähnen die Lippen, damit sie Farbe bekamen.

Die Amtsgebäude lagen dicht beieinander rund um den holperigen kleinen Platz. Unter den Arkaden herrschte völlige Stille. Vor der braunen Eichentür des Polizeihauptquartiers stand ein Gendarm der Policía Armada unbeweglich in seinem grauen Uniformmantel. Die Hand hatte er fest um den Metallbügel seiner Maschinenpistole geschlossen.

Daneben lag das Fernmeldeamt. Ein kleiner Mann mit einer dunklen Jacke und rauchfarbenen Brillengläsern war gerade dabei, die Tür abzuschließen. Er zwinkerte mit den Augen und lächelte ihnen freundlich zu, ließ dabei seine vielen Goldzähne blitzen.

«Tode está cerrado», sagte er. «El telégrafo está roto, el teléfono tambien. Además es día de fiesta, día del Santo.»

Die Telefon- und Telegrafenverbindungen waren also unterbrochen, wahrscheinlich infolge des Unwetters. Außerdem feierten sie heute den Tag ihrer Schutzheiligen. Alle Behörden hatten geschlossen.

Sie hatte die Pässe herausgezogen und zeigte sie dem kleinen Mann. Der machte daraufhin gleich ein ernstes Gesicht und blickte hinüber zum Polizeihauptquartier.

«Creo que es imposible», sagte er. «Día del Santo. Todo está cerrado.»

Die Tür nebenan wurde aufgemacht, und ein Offizier mit breiten Goldtressen auf den Schultern seiner aufgeknöpften Uniformjacke ließ seinen Hund hinaus in den Laubengang. Er reichte die Leine dem Gendarm, der mit dem Hund einige Schritte wegging. Der Offizier sprach ein paar Worte mit dem Mann in der schwarzen Jacke, dann blickte er die Frau einen Moment uninteressiert an und machte eine flüchtige Handbewegung, so als ob er sagen wollte: Einen Augenblick, wir werden mal sehen, was wir tun können.

Der Wachposten kam mit dem Hund zurück, übergab die Leine und schlug die Hacken zusammen. Der Offizier gab ihnen ein Zeichen, ihm zu folgen, und trat ins Haus hinein. Seine Schritte dröhnten in der dunklen Halle. Der Wachposten schloß die schwere Eichenholztür hinter ihnen. Der nächste Raum war grau und düster wie eine Kirche. Einige kleine, kreisrunde Fenster gaben ihm nur wenig Licht. Auf der hinteren Querwand hing ein Porträt des Caudillo, und am Schreibtisch darunter saß ein ziviler Beamter in einer schwarzen Alpakajacke. Der Offizier sagte einige Worte und verließ das Zimmer durch eine Hintertür.

Der Beamte hob den Blick von der Sportzeitung, die ausgebreitet vor ihm auf dem Tisch lag. Sein Gesicht war grau und nichtssagend. Er hustete und nahm den Paß, wiegte ihn in der Hand und sagte:

«Visa de salida? Imposible! Definidamente imposible!»

Der Paß lag auf der Tischkante. Der Mann in der Bürojakke las weiter in seiner Zeitung, so als ob niemand außer ihm im Zimmer sei.

Einen Augenblick lang packte ihn die wilde Lust, sich über den Tisch zu lehnen und dem Mann einen kräftigen Schlag mitten in das graue Gesicht zu verpassen. Aber gleich darauf spürte er ihre Hand auf seinem Arm. Sie suchte in ihrer Tasche und nahm zwei blaue Scheine heraus, die sie auf das braune Heft legte.

Der Beamte hob den Kopf ein wenig. Er nahm die Scheine, faltete sie zusammen und steckte sie in seine Brusttasche. Dann zog er eine Schublade auf, nahm den Stempel heraus, hauchte auf die Unterseite, schlug eine Seite im Paß auf und drückte den Stempel vorsichtig hinein, so als ob es eine heilige Handlung war, die er ausführte. Er seufzte und nahm den

Federhalter aus dem Tintenfaß. Langsam und kratzend setzte er seine Unterschrift auf das Papier.

Danach stand der Beamte auf, nahm den Paß und ging zur Hintertür hinaus.

Es dauerte einige Minuten, bis sie wieder Schritte hörten und der Offizier, der sie hereingelassen hatte, den Raum betrat. Er hatte den Paß in der Hand. Ohne sie anzublicken, setzte er sich auf die Kante des Schreibtischs und schlug sich mit dem Paß leicht auf den Schenkel.

«Es muy difícil», sagte der Offizier in den Raum hinein. So als ob er sich nicht an eine bestimmte Person wandte, sondern ganz allgemein über alltägliche Dinge sprach.

Die Frau blickte ihn nur müde an und legte noch einmal zwei blaue Scheine auf die Tischkante.

Der Offizier schaute einen Augenblick zu dem Caudillo hoch, so als ob er mehr erwartete. Dann stand er schnell auf und gab ihr den Paß, ohne noch ein Wort zu sagen.

Als sie an der Tür ankamen, lag das Geld immer noch auf dem Tisch.

Draußen in der Halle fiel ihm ein, daß es vielleicht gereicht hätte, wenn sie nur den einen der blauen Scheine hingelegt hätte. Aber eine Sekunde später wurde ihm bewußt, welche abwegigen Überlegungen er bereits anstellte. Das ist die Müdigkeit, sagte er zu sich selbst, die Müdigkeit oder der helle Wahnsinn.

Als sie auf den Platz traten, brachen die ersten Sonnenstrahlen durch die Wolkendecke. Sie waren bleich, wärmten jedoch schon ein wenig. Es waren jetzt Leute auf den Straßen, und hier und da hingen Schweine oder Ziegen mit durchgeschnittenen Kehlen vor den Haustüren. Bei vielen hatte man Blumen oder Wachskerzen in die blutigen Körper gesteckt, und die hervorquellenden Augen der Schlachtopfer waren schwarz vor Fliegen.

Der Markt war voller Menschen, die keinen Platz mehr in

Geld öffnet manche Tür …

... das kann legal oder illegal vonstatten gehen. Und wie man hier sieht, ist eine illegale Zahlung manchmal moralisch legitimiert. Auf alle Fälle ist es in fast allen Situationen besser, Geld zu haben.

Es muy difícil? Vielleicht ist es für einen korrupten Offizier sehr schwierig. Für die meisten Leute *es muy fácil:*

Pfandbrief und Kommunalobligation

Meistgekaufte deutsche Wertpapiere - hoher Zinsertrag - schon ab 100 DM bei allen Banken und Sparkassen

Verbriefte Sicherheit

der Kirche gefunden hatten. Draußen vor der Kathedrale konnte man die lateinische Predigt aus einem blechernen Lautsprecher hören. Als sie da vorbeigingen, nahm eine neue Stimme das Wort, und ein Politiker begann, seine Phrasen eintönig vorzutragen.

Er registrierte das alles, aber ohne weiter darüber nachzudenken. Auf dem ganzen Weg hinauf zum Hotel konnte er nicht einen einzigen klaren Gedanken fassen. Er war todmüde, und als sie in das Zimmer kamen, riß er sich die Jacke vom Leib, warf sich der Länge nach auf das Bett und verlor das Bewußtsein. Die Frau zog ihm die Schuhe aus und spülte seine Füße mit kaltem Wasser ab. Dann zog sie den Regenmantel, die Stiefel und den Rock aus und wusch sich. Danach öffnete sie das Fenster, ließ jedoch die Holzladen geschlossen. Bevor sie sich zu ihm ins Bett legte, schob sie den Riegel vor die Tür, probierte, ob er auch hielt, und lächelte über ihre Naivität. Sie lag auf der Seite, mit einer Hand unter dem Gesicht. Hinter sich hörte sie die regelmäßigen Atemzüge des Mannes. Von draußen zog die warme, feuchte Luft zwischen den Ritzen hindurch ins Zimmer.

Im Zimmer war es sehr warm, als sie beide gleichzeitig erwachten. Zuerst wußten sie nicht, warum sie aufgewacht waren, aber dann hörten sie von weither den blechernen Klang der Militärmusik zwischen den Hauswänden dröhnen. Unter ihrem Fenster begann die Prozession vorbeizuziehen. Sie standen auf und stießen die Fensterladen auf. Die Straße war voller singender Kinder, die brennende Wachskerzen in den Händen trugen. Hinter den Kindern, die offenbar schon eine ganze Weile am Haus vorbeigezogen waren, kam eine Kompanie Marinesoldaten, die ihren Marschtakt zu halten versuchten, so gut es der Straßenbelag zuließ. Ihnen folgte ein Fahnenwald mit Bildern von General Mola und von José Antonio Primo de Rivera. Die Prozession kam sehr langsam voran, und manchmal blieb sie ganz stehen. Dann bahnten sich eilfertige Priester einen Weg an den Hauswänden entlang und versuchten, mit Schieben und Stoßen die Masse wieder in Bewegung zu bringen. Das Musikkorps dröhnte näher und näher, während krampfartig marschierende Militärabteilungen und dichte Haufen fetter Priester einander ablösten. Die Priester sprachen und grinsten und gestikulierten wild mit kräftigen festen Armen in weiten Ärmeln, so als ob sie das Ganze kaum etwas anging. An den Fenstern zur Straße hin standen dicht gedrängt schweigende Menschen, als sich jedoch der Mittelpunkt der Prozession näherte, begann sich auch unter diesen Zuschauern Unruhe auszubreiten. Heiligenbilder wurden vorbeigetragen, danach kam eine Horde schnatternder Mönche in braunen Kutten und darauf eine Kompanie der Guardia Civil. Vor dem Allerheiligsten kam ein Blasorchester und ein riesiges Bild des Caudillo und nach einer Lücke von etwa fünfzehn Metern zwei würdige Priester in prächtigem Ornat. Zwischen ihnen schritt der Offizier aus dem Polizeihauptquartier, schlank und vornehm mit seiner großen Wachskerze. Kleine, ausgewählte Meßknaben schwärmten um die beiden Geistlichen herum, bereit, jederzeit zu Diensten zu sein. Und dann der Märtyrer, von Soldatenschultern getragen, zwischen blitzenden Bajonetten, eine abstoßende, pseudonaturalistische Holzfigur eines gewundenen Männerkörpers mit Christusbart und blutigrot aufgemalten Wunden. Einige Frauen in den obersten Fenstern begannen in Ekstase zu heulen und zu jammern. Papiergirlanden und Blumen regneten auf das Monster auf der Bahre nieder. Eine Querstraße weiter unten rief ein Mann hysterisch gellend Verwünschungen und Flüche, während eine verzweifelte Frau ihn vom Fenster wegzuzerren versuchte. Ein Priester und zwei Gardisten bahnten sich einen Weg durch das Gedränge zum Eingang des Hauses. Und dann kam der große, zusammengewürfelte Haufen der einfachen Gläubigen. Langsam schritten sie voran, mit teuer bezahlten

Kerzen in den Händen und ausdruckslosen Gesichtern, wie Schlafwandler auf dem Weg in die Tretmühle des Unternehmers.

Sie ließen ihre Hände los und wandten sich vom Fenster weg. Als er das Licht angemacht hatte, sah er Haß und Abscheu und die Lust, aktiven Widerstand zu leisten, in ihren Augen. Diesem Blick war er nicht gewachsen und wandte sich ab. Ihm wurde bewußt, wie hungrig er war, und er ging hinunter in das kleine Restaurant, während sie wieder an das Fenster trat. Die Straße war jetzt leer, aber einige Minuten später sah sie die beiden Gardisten aus dem Haus im nächsten Block treten. Sie schleppten einen schlaffen Körper mit pendelndem Kopf zwischen sich mit. Zehn Meter dahinter ging der Priester mit schnellen Schritten und kraftvollen Armbewegungen. Er trug immer noch seine nicht angezündete Wachskerze in der Hand, jetzt allerdings umgedreht, mit dem Docht nach unten, wie einen Stock oder einen Stafettenstab.

Kurz darauf kam der Mann zurück und brachte Wein, Käse, Brot und Trauben mit. Sie waren beide hungrig, saßen auf dem Bett und aßen schweigend und schnell. Dann zogen sie sich aus und legten sich zum Schlafen hin. Ihre Körper wärmten sich gegenseitig. Draußen vor dem Fenster gellte die Blasmusik und das Krachen der Feuerwerkskörper durch die Nacht.

Er spürte die Wärme ihres Körpers und öffnete die Augen einen Spalt breit. Ohne richtig wach zu sein, sah er ihren dunklen Kopf auf dem weißen Laken nur wenige Zentimeter von seinem Gesicht entfernt. Er streckte den Arm aus, um das nackte Mädchen zu sich heranzuziehen. Einen winzigen Augenblick lang hatte er sich das überlegt, genau diese Worte. Es war das einzige Mal in seinem Leben, daß ihm dieser Gedanke durch den Kopf schoß und er ihn sofort in die Tat umsetzen konnte. Sie lächelte mit geschlossenen Augen, rückte näher an ihn heran und drückte ihre Nase an seine Schulter. Viel weiter unten fühlte er ihre Zehen an seinem Unterschenkel. Dann schob sie eines ihrer Beine über seins und lag wieder eine Weile still. Später rollte sie sich langsam ganz hinüber und lag mit ihrem warmen, schlaftrunkenen Körper auf ihm. Sie fühlte sich weich und entspannt und zufrieden an, wie sie sich da an den lebenden Körper schmiegte. Ihre Bewegungen waren so sparsam und aufeinander abgestimmt, daß ihre Vereinigung beinahe unmerklich geschah. So lagen sie endlos lange da, in einem zeitlosen Raum zwischen Nacht und Morgen, Schlaf und Wachsein. Selbst das eine Mal, als sie den Kopf heben und ihn ansehen mußte, während sie die Muskeln ihres Unterleibs anspannte und sich auf die Lippen biß, war sie nicht völlig wach.

Hinterher drangen die Schreckensgeräusche der alltäglichen Welt durch die schützende Schale, die sie umgab. Ihm wurde wieder klar, wo sie sich befanden, und er hörte, daß der Wind immer noch wehte und die Leute im Haus und draußen auf der Gasse herumlärmten. Es gab keinen Weg zurück, vorbei waren Ruhe und Gelassenheit, sie mußten jetzt fliehen und möglichst schnell aus diesem Land wegkommen. Er dachte an das schwarze Schiff, das Schiff, das sie weit weg in ein sicheres Land bringen sollte. Das Schiff mit der rot-weiß-blauen Flagge, das um zehn Uhr kommen sollte und das fast nie zur rechten Zeit eintraf. Das sollte durch die schmale, gewundene Einfahrt kommen und an den Kai gelotst werden. Sie würden die Gangway hinaufgehen. Von der Lotsenstation würde das Schiff das weiße Flaggensignal bekommen. Aber wenn der Wind sich gedreht und der Wasserstand zu niedrig war, würde dem Dampfer die schwarze Flagge gezeigt werden, der würde bereits weit draußen auf der Reede wenden und den nächsten Hafen anlaufen. Er sah die schwarze Flagge vor sich, wie ein Traumbild flatterte sie groß und klatschend im Wind, und die Angst hatte ihn in den

Klauen. Er warf den Kopf mehrere Male hin und her, um richtig aufzuwachen.

Kurz danach war er hellwach und machte sich klar, daß es eigentlich keine Rolle spielte, ob er festgenommen würde oder nicht. Er würde in jedem Fall so oder so am Leben bleiben und irgendwie auch wieder auf freien Fuß kommen. Die Frau war bereits aufgestanden, und er starrte sie an und dachte: Jetzt muß ich meine Reaktionen prüfen und sie im Gedächtnis behalten für eine spätere Analyse. Eigentlich müßte ich mir Notizen machen, denn was jetzt folgt, ist eine Reihe wichtiger Beobachtungen über ein noch unbewußtes Verhaltensmuster, und vielleicht werde ich niemals mehr die Gelegenheit haben, das zu studieren. Es besteht die Möglichkeit, daß mein Verhältnis zu dieser Person mir das fehlende Stück in einem Puzzlespiel verschafft, das für meine Zukunft von großer Bedeutung sein könnte ... Er versuchte, sich an den Zeitraum zwischen Schlaf und Erwachen zu erinnern, und kniff die Augen zusammen, um den unterbrochenen Gedankengang unter Kontrolle zu bekommen.

Auf den Straßen erinnerten durchgeweichte Papierschlangen und zerdrückte Blumen an die Fiesta vom Tag vorher. Die Stadt verhielt sich müde und träge, schläfrig und widerwillig und gleichgültig unter einem bleigrauen Himmel.

Sie gingen über den Platz und hinter der Kathedrale lange Treppen hinauf, vorbei an verkommenen, eng aneinandergebauten kleinen Steinhäusern, vor denen lärmende Kinder zwischen dreckigen Hühnern und abgemagerten schwarzen Schweinen spielten. Dann waren sie draußen auf der Klippe und hatten den kleinen Hafen dicht unter sich. Durch die lange, gewundene Einfahrt konnten sie hinaus auf das Meer sehen. Es war schwarzgrün, und die hohen Wellen mit ihren Schaumkronen reichten bis dicht unter Land. Vor ihnen lag der äußerste Zacken der Klippe mit dem grauen, verwitterten Aussichtsplatz für den Lotsen, und unten in der Einfahrt sahen sie weit weg ein einsames Ruderboot mit ein paar Männern darin, die mit irgendeiner Arbeit beschäftigt waren. Aber die Entfernung war zu groß, sie konnten nicht sehen, was es war. Sie saßen auf den flachen Steinen mit dem Rükken gegen den Wind. Ihre Augen tränten vor Anstrengung. Sie sahen, wie sich eine kleine Silhouette oben bei der Lotsenstation gegen den Himmel abzeichnete. Einer der Männer in dem Ruderboot war aufgestanden und hielt wahrscheinlich ein Megaphon vor dem Mund. Dann geschah eine ganze Weile gar nichts. Sie warteten, blickten hin und wieder hinunter zu der Stadt und zu dem Hafen und beobachteten, was sich dort unten bewegte. Den schwarzen Dampfer sahen sie erst, als er bereits um die äußerste Klippe bog und auf das Land zusteuerte. Er war ziemlich groß, hatte aber trotzdem Mühe, sich durch die schwere See zu arbeiten. Eine schwarze, schnell zerfetzende Rauchfahne kam aus seinem Schornstein. Näher und näher kam das Schiff, und die kleine Gestalt, die lächerlich winzige Gestalt vor der Lotsenstation, schwang die lange Stange hin und her, hin und her, wie ein Taktmesser. Sie ergriff seinen Arm und hielt ihn ganz fest umschlungen, aber die Flagge war zu klein, man konnte die Farbe ohne Fernglas nicht erkennen. Der Dampfer fuhr immer noch auf das Land zu, minutenlang, und dann lagen die Mastspitzen nicht mehr in einer Linie hintereinander, der Zwischenraum erweiterte sich, und bald sahen sie den schwarzen Schiffskörper in seiner ganzen Länge, einen kurzen Moment nur, und darauf zeigte das Schiff ihnen den Achtersteven mit der rot-weiß-blauen Flagge.

Sie blieben sitzen, bis das Schiff nur ein dünner schwarzer Punkt über dem Horizont war. Nichts hatte sich um sie herum verändert.

Dann machten sie sich auf den Weg, die vielen ausgetretenen alten Treppenstufen hinunter in die Stadt, die jetzt zur Zeit der Siesta still und leer war. Aber draußen vor dem Gebäude der Telegrafenstation und der Guardia Civil stand eine Gruppe von Menschen, die gespannt nach oben blickte.

Sie blieben stehen, genauso wie man unwillkürlich stehenbleibt, wenn man einen Verkehrsunfall, die Feuerwehr oder einen Krankenwagen fahren sieht. Ein Gardist in dunkelblauer Uniform zeigte nach oben, lächelte, daß seine Goldplomben blitzten, und erklärte mit lebhaften Handbewegungen:

«Las palomas mensajeras ... el telégrafo ... roto ... cascado ... pero las palomas ...»

Die Telegrafenverbindung war immer noch unterbrochen, aber die Brieftauben flogen. Während sie da standen, konnten sie sehen, wie mehrere Vögel durch die Schwingtüren des Taubenschlags hineinflatterten.

Sie gingen langsam durch die leeren Straßen zum Hotel hinauf. Er versuchte sich selbst zu beweisen, wie gleichgültig ihm das alles war. Aber obwohl er die Worte mit den Lippen zu formen vermochte, gelang ihm nicht, die Verbindung von der Theorie zur Wirklichkeit zu finden.

Dicht über der Wasseroberfläche flatternde Tauben.

Er suchte nervös ihre Hand, und sie gingen mit ineinandergefalteten Händen, Handfläche gegen Handfläche, weiter.

Einen Moment überlegte er, ob er jetzt dem Wahnsinn nahe war. Aber er lächelte bei diesem Gedanken.

10

Die weißgekalkten Wände nahmen das wenige Tageslicht, das hereinkam, auf und warfen es zurück. Dadurch füllte sich der Raum mit einem hellgrauen, beinahe handgreiflichem diffusen Licht.

Sie stand ganz ruhig da und blickte durch die breiten Risse in den Fensterladen hinaus über die Dächer und die vielen

Taubenschläge. Er stellte fest, daß ihre angespannte Wachsamkeit langsam in Ruhe und Resignation überging.

Sein scharfer Verstand war wie blockiert, war reduziert auf eine einfache Wortkombination, die ihm im Kopf herumging und um die sich alles drehte, wie ein Spielzeugboot in einer Badewanne:

dies ist das Ende dies ist das Ende dies ist das Ende dies ist das Ende dies ist das Ende dies ist das Ende dies ist das Ende dies ist das Ende.

Er stand ein paar Meter von ihr entfernt in der Ecke hinter der Blechwaschschüssel. Sein Oberkörper war nackt, und er spülte den klebrigen Schweiß vom Gesicht, den Armen und der Brust. Kaltes Wasser sickerte tropfenweise unter dem Hosengürtel durch und lief an seinem Bauch und seinen Schenkeln herunter. Er bibberte, als er nach dem Handtuch griff.

Die ganze Zeit über war er sich bewußt, daß da ein Spalt war, der sich ständig langsam verbreiterte. Daß er dabei war, innerlich in Stücke zu zerfallen. Und während er sich abtrocknete, sah er einen Augenblick lang sich selbst einige Schritte entfernt stehen und sich betrachten. Irgendwo ganz in der Nähe befand sich ein Teil von ihm, der sachlich feststellte, daß seine Hände immer noch ruhig waren.

Sie ging hinüber in das andere Ende des Zimmers, zog sich aus, faltete die Überdecke zusammen und legte sich in das große Bett. Das Alltägliche an dieser Tätigkeit gab ihrem Tun etwas Endgültiges und Würdevolles.

Weit weg startete ein Automotor. Es war ein alter Motor mit vielen Zylindern. Er machte einen Lärm wie ein Flugzeugmotor, als der Fahrer Vollgas gab und die Maschine auf Touren kam.

Seine Hände begannen zu zittern, als er den Gürtel seiner Hose aufmachte.

Dann war der Vorgang der Befreiung vollendet, und er trat

aus sich selbst heraus und ging quer durch das Zimmer. Sie schubste die Kissen hinunter auf den Fußboden und zog die Bettdecke zur Seite. Er zitterte am ganzen Körper, als er sich neben sie legte.

Sie drehte sich zu ihm um und lag ganz still neben ihm. Die Arme hatte sie um seinen Nacken und seine Schultern geschlungen.

Das Laken war feucht, aber ihr Körper war warm und fest und trocken wie ein Stein im Sand nach einem heißen Sommertag. Der Motor brummte in der Ferne.

Ihre Hand glitt flach und breit mit zielbewußter Zärtlichkeit an seinem Körper hinunter. Geschlosssen jetzt, wie eine Schale geformt, fest und warm.

Er lag da mit den Armen ausgestreckt an den Seiten und dem Gesicht an ihrer Schulter, bis das Zittern aufhörte und nur ganz tief drinnen ein schwaches Vibrieren zu spüren war. Er berührte ihre Hüfte.

Das Auto schien jetzt in ihre Richtung zu fahren und näher zu kommen. Es hatte Mühe, den Berg hinaufzukommen, und der Auspuff knatterte und knallte.

«Hast du Angst?» fragte sie.

Ihre Haut berührte sein Gesicht.

Er stützte sich auf die Ellbogen und öffnete den Mund, um etwas zu sagen, das er noch niemals vorher gesagt hatte und niemals wieder sagen würde.

Nein, dachte sie, und ein kleiner Nerv spannte sich und riß und rollte sich zusammen. Nein, sag das nicht, denn selbst wenn ich das nicht begreife, werde ich es verstehen.

Sie legte einen Finger auf seine Lippen.

Zwei Menschen, die sich gegenseitig im Halbdunkel anblickten.

Der Theoretiker stand immer noch in der Ecke hinter der Blechschüssel.

Das Auto war jetzt über den höchsten Punkt des Hügels

gekommen und rollte die Gasse herunter. Der Motor war abgestellt worden, man hörte nur noch das Quietschen der Gummireifen.

Sie drehte sich langsam auf den Rücken und zog ihn über sich.

Draußen hielt das Auto mit kreischenden Bremsen an.

Sie schlug die Arme und Beine um ihn, und er sank in sie ein wie in fließenden Sand. Wie in den Mittelpunkt hinein.

Sie ließ die Beine herabgleiten und lag da mit angezogenen Knien. Sicher und fest, so als ob sie direkt auf dem Erdboden gelegen hätte.

Die Nagelstiefel der Gardisten hallten auf der Steintreppe am Zimmer vorbei und nach oben. Sie hörten das kurze Klopfen und danach das Bersten der Tür und den Lärm, als die Gardisten sich in das Zimmer über ihnen drängten. Das Trampeln hörte einen Moment auf und setzte dann wieder ein. Die Schritte kamen näher, auf der Treppe von oben.

Er lag ganz still da, wie ein kleines Kind in der Wiege.

Per Wahlöö

Mord im 31. Stock
[2424]

Das Lastauto
[2513]

Libertad!
[2521]

Unternehmen Stahlsprung
[2539]

Die Generale
[2569]

Foul Play
[2588]

Wind und Regen
[2625]

thriller rororo

erschienen in der Reihe
rororo thriller

2020/2

«Diese Kriminalromane gehören im Augenblick zum besten, was zu lesen ist, nicht nur auf dem Gebiet der Kriminalliteratur.»

Rheinische Post

Sjöwall / Wahlöö

Die Tote im Götakanal (2139)

Der Mann, der sich in Luft auflöste (2159)

Der Mann auf dem Balkon (2186)

Endstation für neun (2214)

Alarm in Sköldgatan (2235)

Und die Großen läßt man laufen (2264)

Das Ekel aus Säffle (2294)

Verschlossen und verriegelt (2345)

Der Polizistenmörder (2390)

Die Terroristen (2412)

thriller rororo

erschienen in der Reihe rororo thriller

576/14

«Es ist jedoch nicht nur die ungewöhnliche Handlungsführung, die diesen dänischen Kriminalroman aus dem Mittelmaß heraushebt. Bei Ørum sind Atmosphäre und Psychologie auf das Feinste abschattiert.

FAZ Magazin
(zu: «Wissen ist Mord»)

Poul Ørum

Einer soll geopfert werden
[2534]

Was ist Wahrheit?
[2549]

Wissen ist Mord
[2563]

Stumme Zeugen
[2576]

Am kritischen Punkt
[2641] Juli '83

erschienen in der Reihe
rororo thriller

1096/2

John

Bingham

Die dritte Haut [2339]

Der sechste Plan [2405]

Des lieben Gottes Deserteur [2443]

Wo sind die Beweise, Sir? [2502]

Brock [2632] Mai ’83

erschienen in der Reihe rororo thriller

252/14